JN059870

婚約破棄された捨てられ令嬢ですが、触れれば分かる甘々な未来視スキルで愛しの王子をお助けします！

ちろりん

✦

Illustration

氷堂れん

gabriella books

婚約破棄された捨てられ令嬢ですが、触れれば分かる甘々な未来視スキルで愛しの王子をお助けします！

contents

第一章

（……あ、オパール色の蝶《ちょう》）

少し離れたところで飛ぶそれを見て、レティシアは物珍しそうに瞬いた。

滅多《めった》に見ることができないオパール色の蝶は、幸運の象徴と言われている。

幼い頃にその話を聞いたときは、外に出るたびに探し回った。けれども、見つけることができなかったそれ。

時を経て、よりによってこんなときに見るなんて皮肉なものだと、心の中で小さく笑う。

そんなレティシアを揶揄《からか》うように強い風が吹き、視界が自分の黒い髪の毛でいっぱいになった。

風が止《や》んだ頃にはもう蝶はそこにはいなくて、辺りをきょろきょろと見渡してその姿を探す。

「何をしているのですか、レティシア。早く来なさい」

「申し訳ございません、神官長様」

蝶に見蕩《みと》れて足を止めてしまっていたらしい。

前を歩いていた神官長に咎《とが》められてしまった。

レティシアは小走りで近づき、あとに続く。

「ぼうっとしている場合ではありませんよ、レティシア。今日は貴女《あなた》の運命を決定づける日なのですから」

「はい、神官長様」

「何としてでも成功しなければ、貴女の未来はありません。気を引き締めなさい」

「はい、神官長様」

(未来がない、か)

神官長も随分と皮肉が効いたことを言ってくれるものだ。

いや、嫌味《いやみ》を含めた脅しといったところか。

もう随分とその手の悪意には慣れたものだが、今のレティシアには重圧となった。

今日、レティシアはテストされる。

王子妃にふさわしいかどうかを、国王と婚約者である第一王子・ステファンの目の前で示すのだ。

この世界の人間は生まれながら特殊能力——いわゆるスキルを持って生まれる。

スキルの発現はだいたい思春期頃であり、十歳になると皆一様に神殿に集められてスキル判定をする決まりとなっていた。

レティシアも判定を受け、出た結果が「未来視」のスキル。

触れるとその人の未来の断片が見えるという、稀《け》有《う》な能力だった。

そのスキルを買われ、判定が出たその日のうちにステファンの婚約者になったレティシアは、親元から離され、スキルをもっと確実なものにするために神殿に預けられて修行に明け暮れていた。

すべては、将来、ステファンが玉座に就いたときに役に立てるように。

この国ではスキルの有無、性質が重視されるが、それは王族とて同じこと。

王位継承者は年功序列で決まるものではなく、王の指名によって決められる。

その際、判断基準になるのは、王子たちのスキルや素質だけではなく、伴侶のスキルも加味される決まりとなっていた。

故に、レティシアはスキルを磨き続けなければならなかった。

未来を断片ではなく、なるべく全容を正確に見ることができるように。

スキルの発動も不安定なものだったが、自在に操れるようにと、厳しい修行に耐えて鍛え上げた
……はずだった。

ところが、今から半年前、突如スキルが使えなくなった。

前触れもなく、ある日突然。

レティシアも神官長も必死になってスキルを取り戻そうとしたが、未来を見ることができない。

何をしても、何度試してみても、断片すら見えなくなってしまったのだ。

それを王に報告したところ、三ヶ月の猶予が与えられ、テストをすると言われた。

もし、それに合格できなければステファンとの婚約を破棄すると。

レティシアが使えないとなれば、早急に新たな婚約者を立てる必要があった。

長年婚約者であったが、ステファンとは恋愛関係ではなくあくまで政略上の関係。もちろん、彼も王位を捨ててまでレティシアと生涯をともにする気はないのだろう。

レティシアもまた、それを望んでいなかった。

今までの努力が水の泡にならないようにとレティシアは神官長の指導のもと、これまで以上に厳しい修行に耐え、そしてこの日を迎えた。

未来が見えるのか、それとも見えないままなのか。

レティシアはステファンの婚約者のままでいられるのか、それとも破棄されてしまうのか。

運命の一瞬がすぐそこまでやってきている。

レティシアはスゥっと背筋を伸ばし、そのときを迎えた。


「――これではっきりしました。レティシア・アーレンスのスキルは消失しました。彼女は未来を見ることができなくなっております」

ステファンは辛そうに顔を歪《ゆが》め、こんな結果は望んでいなかったと嘆いた。

未来を見るために握っていたレティシアの手をそっと離し、立会人である王に向き直る。

「スキルを持たない者は、王妃にはなれない。それが我が国・サンデュバルトの法律です。故に、レティシアは王位継承候補である私の妻にはなりえません」

国王がステファンの言葉に頷《うなず》いているのを見て、神官長は顔色を失っていた。

可哀想《かわいそう》なくらいに震えている。

当の本人であるレティシアよりも、この結果を深刻に受け止めている様子だ。

「残念ではありますが、ここにレティシアとの婚約の破棄を申し出ます。そして私に再度伴侶を探す機会をお与えください」

「いいだろう。レティシア・アーレンスのスキル消失を認め、婚約破棄を許可する」

もともとそういう約束だったとはいえ、あっさりと婚約破棄を認められてしまうと何とも言えない気持ちになる。

（……十歳の頃からだから……約八年、かぁ）

人生の半分近くをステファンの婚約者として過ごした。

決してその地位に胡坐《あぐら》をかいていたわけではなく、相応《ふさわ》しくあろうと努力を重ねてきたと自負している。

寝ても覚めてもスキルを磨き続け、いつかは王妃になるそのときを待っていたのだ。

それでも終わるときは呆気《あっけ》ないものだ。

神官長はなおも国王に食い下がり、やり直す機会を与えてほしいと訴えている。

レティシアも同じように縋《すが》るべきなのだろうけれど、足が重くて動かない。

空っぽになった頭でその場に立ち尽くした。

「レティシア、私もこんな結果を望んでいなかった。本当に残念で仕方がない」

「……ステファン様」

いつの間にかステファンはこちらを向いていて、今にも泣きそうな顔で別れの言葉を告げている。

まるで、おとぎ話に出てくる王子様のようだ。

金髪で青い目の美貌の王子。

彼が、どうしようもない別れに胸を痛めている。

「今までありがとう、レティシア。これからの君の幸せを願っている」

抱き締められて、背中を擦られ、幸せを願われて。

涙のお別れの一場面のようだ。

――表向きは。

「よくも私の時間を無駄にしてくれたな、レティシア。どんくさくて器量も悪い、スキル以外に取り柄もないお前にずっと我慢をしてやっていたというのに……このざまとは」

だが、次の瞬間、本当の顔を見せたステファンは、レティシアの耳元で凄《すご》みを利かせた声でなじってくる。

王にも神官長にも聞こえないように、抱き着きながら先ほどとは真逆のことを言ってきた。

……本当にこの人は自分の本性を偽ることに長《た》けている。

いつもレティシアにだけ、こうやって醜い裏の顔を見せるのだから。

「二度と私の前に現れるなよ、役立たず」

この声が苦手で、こうやって威圧されるといつも身体が竦《すく》んでしまう。

気が付くと手が震えていた。

俯《うつむ》き、ギュッと唇を噛《か》み締めたまま黙りこくる。

そんなレティシアの態度が面白くなかったのか、ステファンは密《ひそ》かに睨《にら》みつけると、それ以上は何も言わずに距離を取る。

八年間も婚約者だったのに、情もなく、もう本当に用済みというように。

ステファンにとってレティシアはそれだけの価値しかなかったということだ。

今さら傷つくこともないほどに、彼のその態度には慣れ切っていた。

一方、神官長の訴えは結局功を成さず、国王は二度目の機会を与えてくれなかった。

これほど時間をかけてもスキルが戻らないということは、消失したと考えていいだろう。

これはレティシアが悪いわけではなく、不可抗力なできごとなのだ。

そうやんわりと諭されているのを傍目《はため》でみては、王がそう言ってくれただけでも救われるとぼんやりと考える。

「王家の者の伴侶にはスキルは必要不可欠。さらに後継者指名の時期も近い。ステファンも王位を諦めない限りは君を選ぶことができないだろう。残念なことだが、分かってくれるか……レティシア」

「もちろんでございます、陛下」

恭しく頭を下げ理解を示すと、そのやり取りを側で見ていた神官長も諦めて隣で頭を下げていた。

かくしてレティシアは第一王子の婚約者という地位を剥奪《はくだつ》され、ただの伯爵令嬢となった。

しかもスキルを失ったただの人間に。

「ここにはもう貴女の居場所はありませんよ、レティシア」

そんな彼女を神殿はいつまでも置いておくはずがなく、城から帰るとすぐに荷物をまとめるように
と言い渡してきた。

荷物といっても大したものはない。

神殿にいる間は物欲を捨て去れと教え込まれたので、生きていく上で必要なもの以外は買うことも
与えられることもなかったからだ。

旅行鞄《かばん》ひとつ。

それが、レティシアの八年間のすべてだった。

神官長もまた、口では残念だと言いながらも、顔は役立たずはいらないと物語っている。

むしろ、自分の顔に泥を塗ってくれたなと罵りたい気持ちを懸命に抑え込んでいるのだろう。

神官長の目が怖い。

瞳孔が細くなり、身体が震えるほどの威圧を感じてしまうのだ。

言葉だけではなく、彼が放つ雰囲気がそう思わせた。心身ともに何かに縛り付けられるような気が
してゾッとする。

「お元気で、レティシア。もう二度と会うことはないでしょう」

「はい、神官長様」

お世話になりましたと頭を下げて、神官長の前から去る。

神殿を出るまでにすれ違う人たちは、レティシアに憐《あわ》れみの目や気まずそうな顔を見せるが、誰も引き留めたり声をかけたりしてこない。

皆、神官長の怒りを買いたくないのだろう。

誰にも見送られることなく、レティシアは長年住んだ神殿からも追われることになった。

外に出て、トボトボと歩き続ける。

しばらくたって神殿が見えなくなった頃に、ピタリと足を止めた。

（――やっ…………たぁっ！）

思わず心の中で叫んでいた。

決して顔には出さないが、心の中では歓喜が渦巻く。

隠し切れない感情は、旅行鞄の取っ手を強く握り締めることでどうにかこうにか収めていた。

本当ならスキップしたいし、歌いながら踊り回りたい。

この喜びをどう表していいのだろうと迷ってしまうくらい、喜びに満ち満ちている。

レティシアは今、解放感でいっぱいだった。

喜びの声を上げながら飛び跳ねたい気持ちを抑え込んでしまうのは、神殿にいた八年間の後遺症といってもいいだろう。

感情的になるのはみっともないことだ、神はそのみっともない行いを目にして、貴女からスキルを取り上げてしまうかもしれない。

そうしつこいくらいに説かれ、さらには実践できなければ叱責を受けたおかげで、すっかり感情を内に込めてしまうのが得意になってしまった。

説教という名の責めや体罰、修行という名の苦行は日常的に行われていた。

外出の許可が出されるのは、ステファンに会うときだけ。

だが、そのステファンもレティシアに会えば高圧的な態度で接してきて、スキル以外に取り柄がない、できが悪い、お前を妻に迎えなければならないなんて不幸だと責めてくる。

けれども人前ではころりと態度を変えて、「レティシアが大事だ」とか「早く結婚したい」なんて言葉を吐くのだから性質《たち》が悪い。

正直、そんな環境にはストレスしか感じていなかった。

逃げ出したい。

何度そう考え、願ったか。

だから、スキルがなくなったことは不幸ではなく、レティシアにとってはこの上ない僥倖《ぎょうこう》だった。

チャンスだと捉え、上手《うま》くいけば婚約を破棄されて逃げ出すことができると。

実際そうなった今、解放感と爽快感が凄い。

レティシアの中に不安や憂鬱な気持ちは一切なく、心躍るワクワク感しかなかった。

(今日からは自由にどこにでも行けるのね！　まずはどこに行こうかしら)

実家には帰れない。

神殿にいる間に両親は亡くなり、実家の伯爵家を仕切っているのは兄だ。

兄とは昔から折り合いが悪い。

さらに、レティシアのスキルがなくなったと聞いたときには、泥水を啜《すす》ってでも取り戻せと労《ねぎら》いの欠片《かけら》もない手紙を送ってきたところを鑑みるに、帰っても門前払いが関の山だ。

どちらにせよ、一旦身を落ち着けるところを探す必要があるだろう。

(宿というものをまずは経験してみる？　それとも野宿……は、さすがに危険すぎるわね)

何もかも初めてのことで戸惑いがあるが、冒険に繰り出すような気分の高揚もある。

自由に勝るものはないのだと、レティシアはどこまでも勇猛になっていく。

床の掃き掃除、拭き掃除、真冬の洗濯に長時間に及ぶ聖堂での瞑想《めいそう》、凍り付くような冷たい水で行う禊ぎなどなど、苦行はあげればきりがないが、それが鋼鉄の忍耐力を与えてくれた。

今までの生活を考えれば、どんな苦難でも受け入れられる。

もう未来は見えなくなったが、レティシアの足元に広がっているのは明るい未来に違いない。

「やっぱり今日は宿探しからはじめようかしら」

周りに誰もいないのをいいことにウフフと顔を綻ばせ、スキップでもしてみようかと右足を少し上げる。

もう何年もスキップなんてしていなかったのでてっきり忘れているかと思ったが、案外身体は覚えているものらしい。

ぎこちないもののステップを踏み出した。

（スキップ、楽しい！）

楽しみを見出《みいだ》し、さらに鼻歌でも歌ってみようかと考えたそのときだった。

遠くから馬が駆ける音が聞こえてきたのだ。

スッとステップを踏む足を下ろし、口角が上がった顔を戻す。

何でもないような素振りをして、こちらに向かってくる馬が通り過ぎるのを待とうとしていた。

「レティシア様！」

ところが、馬は通り過ぎることなく、レティシアの行く手を阻むように踊り出てくる。

目の前に黒毛の馬が現れ、驚いたレティシアは焦った。

もしかして誰かが引き留めに来たのだろうか。

神殿の誰か、もしくはステファンの周囲の人間が、レティシアのスキルを諦めきれずに追いかけてきたとか。

（そんなまさか。あんなに役立たずって言っていたのに？）

ありえないとは思いつつも、やはり警戒してしまう。

連れ戻されては堪《たま》らない。

ようやく手に入れた自由な生活を手離したくないと、咄嗟《とっさ》に素知らぬ振りをして逃げようとした。

名前を呼ばれた気がしたが聞かなかった振りはできないか、レティシアではないと言い張ることはできないかと懸命に頭を巡らせる。

そうこうしている間もレティシアを呼び止めた人は馬から降り、目の前に立ちはだかった。

(……どうしよう)

冷や汗を流しながら、できるだけ顔を見られないように伏せた。

「レティシア様、俺です。ヴァージルです」

「……え？　ヴァージル様？」

その名前を聞いた途端、すぐに警戒心を解いて顔を上げる。

すると、レティシアの知っている人がこちらを見下ろしていて、思わず顔を綻ばせた。

たしかに城の人間ではあったが、彼はステファンたちのような酷《ひど》い人ではない。

よかったとホッと胸を撫《な》で下ろした。

「お久しぶりです、ヴァージル様。お会いするのは半年ぶりでしょうか。お元気でしたか？」

「はい、その通りです。本当に久しぶりですね、レティシア様」

たった半年会わなかっただけなのに、数年ぶりに顔を見た気分になる。

思わぬ再会に心が舞い上がったレティシアは、一歩ヴァージルの方に近寄って彼の顔を間近で見つめた。

ヴァージル・デューリンガーは、この国の第二王子だ。

つまりステファンの弟で、本当なら将来義理の弟になるはずだった人。

彼の情熱的な性格を表したかのような真っ赤な髪の毛と、こちらを優しく見つめる漆黒の瞳は昔から変わりがない。

だが、顔つきは以前とは変わったようで、さらに精悍《せいかん》さや大人っぽさ、男前っぷりが増したように思える。

背もまた伸びただろうか。

レティシアよりもふたつ年上のはずだが、遥《はる》かに大人びて見えるのは、包容力が高そうな厚い胸板のせいか、それとも低く落ち着いた声のせいか。

少し吊《つ》り上がった切れ長の目も、鼻梁《びりょう》の高いスッと通った鼻も、縦皺《たてじわ》が美しい厚めの唇も、筋が見える首筋も。どこをとっても整っていて、ヴァージルを見る女性たちの目は、いつも色めき立っていた。

身体の線が細く、垂れ目ぎみのステファンとは正反対のタイプの美形だ。

ステファンは身体を動かすことを嫌い、表裏の激しい人間だが、対照的にヴァージルは昼夜問わず剣を振るい己の身体を鍛えている、真面目で硬派な人。

ステファンの婚約者になる前に、何度か話したことがあるが、ステファンと違ってスキルで人を判断しない優しい人だった。

そのあとも、ときおり気遣うような言葉をかけてきてくれて、レティシアに唯一優しくしてくれた人といってもいい。

スキルを失ったと聞いたときも、誰よりも心配してくれたのは彼だ。

スキル消失を公にはできないと判断した神官長が、レティシアの行動や面会をさらに制限したためにヴァージルと会えたのは半年ぶり。

その前も、ステファンの許しがなければ会えなかったので、こうやってふたりきりで話すのも実に八年ぶりだった。

「ところで、ヴァージル様、どうされたのです？」

「どうされたって……レティシア様のスキル消失が正式に認められて、ステファンとの婚約が白紙になったとの報告を受けて、居てもたってもいられずに神殿に足を運びました。ですが、貴女が神殿を追い出されたと聞いて……」

「それで私を探してくださったのです？　……相変わらずお優しいのですね、ヴァージル様」

心配して見送りに来てくれたのだろう。

彼の優しさに感激してしまった。

思ってみれば、ヴァージルとも今生の別れになる。

二度と会えなくなるのだから、こうやって別れの言葉を伝える機会を得られたのは幸いだった。

もう心配ない、自分なら大丈夫だと伝えなければ。

真面目で優しいこの人のことだ、どこまでも面倒をみようとするかもしれない。

だから胸を張って、堂々とした態度で微笑《ほほえ》んだ。

「大丈夫ですよ、私。状況が状況なだけに悲惨に思えるかもしれませんが、結構……いいえ、とても元気です」

「ですがあれほど頑張ってスキルを取り戻そうとしていたのに……」

「頑張って取り戻せなかったものはもうどうしようもありません。私は期待に応えられなかったから、ステファン様の婚約者としての要件を満たせなかっただけのこと。大人しくそれを受け入れます」

むしろそのことについて責める人がいなくなってせいせいしている。

何なら、先ほど踊ろうとしたくらいだ。

そのくらいにこうなってよかったと思っているのだが、どうやらヴァージルはレティシアがそう思っているとは考えていなかったようだ。

あれ？　と首を傾《かし》げ、考え込むような顔をしている。

「もしかして、ヴァージル様、私が落ち込んでいると思って慰めるために追いかけてきたのです？」

「普通そう考えるでしょう。スキルを失《な》くした上に婚約破棄されて、挙げ句、神殿も追い出されて。理不尽な目に遭っている貴女が涙しているかと……」

決まりが悪そうに前髪を掻《か》き上げるヴァージルはどこか複雑そうだ。

「正直言うと俺は怒っています、ステファンに。それに神殿にも。あんなにも尽くしてくれたレティシア様をこうも簡単に追い出すとは。行き先が決まるまで面倒を見るなり、探すなりするべきでしょう」

語気を強くして、当人であるレティシアよりも怒っている。

レティシアを不憫《ふびん》に思い、さらに情もあってこうやって義憤に駆られているのだろう。

それだけで十分だと思った。

諦めていた、すっきりしたと言いながらも、やはり心の中にしこりのようなものがあったのだろう。報われなかった努力や、これまで受けてきた仕打ちを思えば、やはり割り切れないものが燻っていて、それを爽快感だけで払拭しようとしていたのかもしれない。

けれども、ヴァージルがレティシアのために怒ってくれて、労《いたわ》りの言葉をかけてくれたことで完全にそれらが無くなったような気がする。

ヴァージルのその優しさを見せてもらえただけで、報われたようなそんな気がしたのだ。

だからだろうか、眦《まなじり》にじんわりと涙が浮かんだ。

「ありがとうございます、ヴァージル様。ですが、元よりその覚悟でした。それに、今のお言葉で救われました。こうやって貴方にそんな言葉をいただけただけでも、私の八年間は無駄ではなかったのでしょう」

そうだと信じたい。

ステファンや神官長のように厳しい人だけではなく、世の中にはレティシアに優しい人もいるのだとヴァージル自身が教えてくれたのだ。

この八年間、辛い中でも小さな幸せを見つけることが得意になった。

見つけた幸せに浸って、まだまだ頑張れると己を奮い立たせていた毎日。

ヴァージルの優しさは、見つけた幸せの中でも最大のものだ。

「……だったら、俺が！」

「え？」

「俺がレティシア様の居場所を見つける手伝いをします！　させてください！」

「ヴァージル様が……？」

突然の申し出に瞬くと、ヴァージルはずいっとこちらに顔を近づけてきた。

「これからは第二の人生といえるものになるでしょう。そんな貴女の新たな旅立ちを見届けたい。俺が！　……俺がそうしたいと望んでいます。レティシア様が安心して暮らせるようになるまで、側でお手伝いをさせてほしいのです」

そう言い募る顔は必死で、真摯で。

どうしてそこまでしてくれるのだろうと、胸が打たれてしまうほどだった。

「だから、今日のところはどうか俺のところに来ませんか？」

「……たしか今、ヴァージル様は離宮に住んでおられましたよね？」

「そうです。それならば、ステファンと顔を合わせることなくいられますから」

レティシアはこの魅力的な誘いに心が揺れ動いた。

宿屋というものを体験してみたかったが、庶民の暮らしというものをしたことがない。

一度腰を落ち着けて、今後どうするかじっくり考えてから動けるのであればそれに越したことはなかった。

けれども、一方で今ある勢いを削《そ》ぎたくないという思いもある。

それに離宮とはいえ、ステファンが住む城に距離が近いのは間違いない。

神殿の人間だって出入りする可能性もある。

一番懸念すべきことは、ヴァージルのことだろう。

兄の元婚約者を自分の住まうところに招き入れていると知られたらどうなることか。

あのステファンのことだ、悪《あ》し様《ざま》に言うに違いない。

それに、ヴァージルはステファンにとっては敵だ。

王位を巡る争いは、今もなお繰り広げられている。

王位継承争いはステファンとヴァージルの一騎打ちだ。

母親は違えども、半分は血が繋《つな》がった兄弟で王位を掴《つか》み取るために競っている。

王家の宿命ではあるが、昔から互いを敵視し、睨《にら》み合《あ》ってきた。

特にプライドの高いステファンは、弟に負けることなどありえないと思っているのだろう。自信過剰な性格も相まって、誰よりも王になることを望んでいた。

唯一の敵であるヴァージルを何としてでも貶《おとし》めたい、いつもそんな思いがステファンからは見て取れた。

そんな彼のもとに、兄の元婚約者が転がり込むなんてことをしてもいいのだろうか。

もし、レティシアがヴァージルの重荷になるのであれば、彼の厚意に甘えることはできない。

大事な時期に、弱点を作るような真似《まね》をしては迷惑にしかならないだろう。

「行く場所も自分で見つけられます。今までずっと行く先を決められていた生活でしたが、今度は自分で探しながら見つけたいのです。たとえ未来を見ることができなくなっても、それはできますから」

そう言いながら逃げるように歩き出す。

このまま真正面からヴァージルと話をしていたら、彼の熱意にほだされて頷いてしまいそうだ。

「ですが、今日くらいはいいでしょう？　今は気分が高まっていらっしゃるので、一旦冷静に考える時間は必要だと思います。それに女性がひとりで出歩くのは危険かと。あ！　それとも実家に身を寄せるのですか？」

「いいえ。実家の兄とは折り合いが悪いので帰るつもりはありません」

「なら、なおのこと俺のところに来てください！」

ヴァージルは馬を引き連れながらレティシアのあとを追ってくる。

何かしら力になろうとしてくれているのが分かって、申し訳なさが出てきてレティシアの中で迷いが生じてきた。

でもここで甘えてしまったらヴァージルに迷惑が掛かってしまうと、振り払うように歩く速度を速める。

「ヴァージル様に甘えるわけにはいきませんから」

「甘えてください！　むしろ甘えてほしいです！」

「あ、甘えてほしいなんて、そんなこと軽々しく言うものではありませんよ。舞い上がって勘違いしてしまいますから」

甘えるなと言われたことはあっても、甘えてほしいなんて言われたことがないレティシアは、恥ずかしくなってますます足早になった。

嬉《うれ》しいけれど恥ずかしい。

言われ慣れていないことを知られたくなくて彼から離れようとしているのに、さすがに日々鍛えている人の健脚には敵《かな》わない。

こちらが息を荒らげ始めたのに対し、ヴァージルは乱れた様子もない。

「貴女だから言っています！　貴女にしか言わない！　俺は今まで頑張ってきたレティシア様だからこそ、甘えてほしいのです！」

真《ま》っ直《す》ぐな言葉に真っ直ぐな瞳。

ヴァージルの人柄に触れるたびに、彼の妻になる人は幸せだろうと思っていた。

きっと全力で愛してくれて、すべてをもってしてでも守り、慈しみ、情熱を注ぐのだろうと。

まだ見ぬヴァージルの将来の妻を羨ましいと思ったし、どうして兄弟なのにステファンとはこんなに違うのだろうかと、詮無いことも考えた。

可哀想なレティシアを救うためにここまでしてくれるのだ、愛する人ならなおのこと。

だから、ヴァージルの優しさが嬉しくもあるが、同時に辛くもあった。

「レティシア様！」

業を煮やしたヴァージルが、レティシアの手を取る。

顔がカッと赤くなって、反射的に振り払おうとした。

――だが、次の瞬間、身に覚えがある感覚に襲われる。

（……これは）

あのスキル特有の光が頭の中に差し込むような感覚は、半年ぶりといえども忘れていない。

ほんの一瞬、瞬く間に見えた光景。

それは、ヴァージルが血を流しながら倒れている姿だった。

（……ヴァージル様が近い将来、怪我《けが》をされる？）

いや、あれは怪我といっていい程度の出血量だったろうか。

服から血が滲《にじ》み出《で》て、地面は真っ赤に染まっていた。

人間がどのくらい血を失ったら死んでしまうか分からないが、それでもあの血の量は尋常ではない。

半分開けられたままだった目も光を灯《とも》さず虚《うつ》ろで、生気があるとは思えなかった。

だが、不確かな要素が多い。

何せ一瞬しか見えなかったのだから、あれだけでヴァージルの生死を判別することは難しいだろう。

それより何より、一番の問題は今レティシアが見たものが本当に未来だったのかということだ。

——この半年、何をしても戻らなかったスキルが、今さら戻ってきた？

何もかもが終わったあとで戻ってきて、ヴァージルが触れた瞬間に発動したということなのだろうか。

訳が分からぬ状況に、ただただ戸惑うことしかできない。

答えを求めようとも、知っていそうな神官長はもういない。

どうしたらいいのかと、顔を強張《こわば》らせた。

「……レティシア様？　大丈夫ですか？」

微動だにしなくなったレティシアの様子を不審に思ったのか、ヴァージルが顔を覗《のぞ》き込《こ》もうとしてくる。

咄嗟に顔を上げ揺れる瞳で彼を見つめると、ヴァージルもただごとではないと悟ったようだ。

「大丈夫ですか？　もしかして俺の力が強すぎて、掴《つか》まれたところが痛んでしまいましたか？」

それならすみませんと慌てて離そうとする手を、逆にレティシアが握り返す。

もう一度先ほどと同じ光景が見えないかと試したかった。

だが、スキルを使おうとしてもあの感覚は甦《よみがえ》っては来ず、光景も見えない。

（……やっぱり気のせいだったのかしら）

スキルが戻ったなんてことは勘違いで、ヴァージルの未来など見ていない。

勘違いなら、彼が死ぬ未来もないということになる。

それはそれでよかったのではないかと、掴んだ手を離した。

ところが、またヴァージルが握り直してきたのだ。

指を絡ませて、先ほどよりも深く繋がれる。

「何があったのです、レティシア様」

掴まれたところを痛めたわけではない、他の何かが起こっているとヴァージルは確信したのだろう。

嘘《うそ》も誤魔化《ごまか》しも効かないと言わんばかりに、真剣な顔で聞いてきた。

不確定要素が多いことを口にするのは憚《はばか》られるが、やはり見たものの内容が内容だけにどうしても気になってしまう。

このまま気のせいだと片付けてヴァージルに何も言わず、近い将来彼が命を落としてしまったら……。

防げたはずの未来を、みすみす見過ごして後ほど深い後悔に駆られるくらいなら、間違っていても告げた方がいいのかもしれない。

レティシアはそう結論付けて、意を決する。

「……実は今、一瞬だけですが、スキルが戻ったような気がして」

「本当ですか?!」

ヴァージルはレティシアの両肩を掴み、驚きの声を上げた。

「先ほど俺が掴んだときですか？　ということは俺の未来が見えた？」

「ほんの一瞬です。以前のようにはっきりと見えたわけではなくて、あれが本当にスキルを使って見た未来なのかも自信を持って言えるわけではないので……」

「ですが、もしそれが本当なら喜ばしいことです。もっと試してみましょう」

まるで自分のことのように喜ぶヴァージルは、どうぞやってみてくださいと促してきた。

再度スキルを発動させてみようとしたが、やはり見えなかった。

以前は相手に触れて集中するとスキルを発動させられたが、今は違うようだ。

先ほども集中しなくても突発的に発動された。

もしかして発動条件が変わってしまったのだろうかと考える。

スキル自体未知数のもので、謎が多い。

解明できていないこともまだまだあるのだと、神官長は話してくれた。

「ヴァージル様、もう少し触ってもよろしいですか？」

「どうぞ」

許可を得られたので、今度は両手でヴァージルの手を包み込むようにして握り締める。

すると、またあの感覚に襲われ、今度は先ほどと同じ光景に加えて、人が叫ぶ声が聞こえてくる。

ヴァージルの腹に深く突き刺さった刃物。

女性が叫び、助けを求める声。

それだけがはっきりと耳に残り、自分がどんなものを見たのかを理解した。

「どうですか？　今度は見えましたか？」

ヴァージルが期待を込めた目で見つめてくる。

どう話せばいいのかと考えあぐねたものの、何をどう取り繕ってもレティシアが見たものは彼にとっては悲惨なものであることには違いない。

素直に話すことにした。

「……おそらく、未来を見ることができたと思います」

「凄いじゃないですか！　レティシア様、やりましたね！」

「……ですが、私が見た未来は……」

一緒に喜んでいいはずなのに、神妙な表情を崩さないレティシアを見て、ヴァージルも眉を顰《ひそ》める。

「レティシア様？」

「私が見たのは……ヴァージル様が何者かに刺され……血まみれになっている未来です」

自分が吐いた言葉が、呪いのようにも思えた。

「……おそらく、あの出血量では瀕死《ひんし》の状態、あるいは……その……」

「命を落としている可能性もあるということですね」

言いにくい部分をヴァージルが代弁してくれて、レティシアは息を呑《の》む。

恐ろしい未来が待っているかもしれないと震えながら頷いた。

「で、ですが、本当にスキルで見た未来か分かりませんし、そもそもスキルが戻ったのかも分かりません。だから、ヴァージル様がそんなことになると確定したわけでは。もしかすると白昼夢かも」

「レティシア様」

レティシア自身が信じたくなくて、自分で言った言葉を曖昧にしてしまおうと早口になる。

だが、そんな焦燥感を読み取ったのだろう。

ヴァージルは静かな声でレティシアの名前を呼んだ。

「それを見たとき、スキルを使った感覚はありましたか？」

自分が死ぬかもしれないと言われているのに、言った本人よりも冷静なヴァージルを見て、切なくて泣きそうになる。

けれども泣くわけにはいかないと、レティシアは涙を堪えて頷いた。

「何度か試していましたね。何回それを見ましたか？」

「二度。一度目はその光景を。二度目はヴァージル様が襲われたと助けを求める女性の声も一緒に聞こえてきました」

「つまり二度目は一度目よりもより鮮明に見えたということですね？　これをただの白昼夢と済ませてしまうには無理があるのでは？　俺は貴女が幾度もステファンの未来を当てたのを見てきました」

ステファンは見せびらかすように、ヴァージルの目の前でレティシアのスキルを使いたがった。

レティシアも求められるがままにスキルを使っていたので、たしかにヴァージルはその正確性を知っている。

「レティシア様のスキルは消えていない。再び舞い戻ってきたのですよ」

ヴァージルは嬉しそうにそう言ってくる。

けれども、それを素直に受け入れられないレティシアは、戸惑いを瞳に宿らせてヴァージルを見つめた。

スキルは戻った方がいいのだろう。

でも、今この状況でそれをよしとはできなかった。

「ヴァージル様が殺されてしまうかもしれない、そんな未来があると私は思いたくありません」

「けれど、貴女が見たのであればそれは真実だ。認めたくなくとも確実にやってくる未来なのでしょう」

「どうしてそんな平然としていられるのですか⁈　死ぬかもしれないのに！」

やめてほしい。

まるで自分の命がどうでもいいかのように平然としているのは。

ヴァージルが死んでしまうかもしれないと考えただけで不安に襲われてしまうのに、彼自身がそんな態度でいるのを見ているのはさらに恐怖をあおられる。

「平然としているわけではありません。俺だって死にたくはない。けれども、そう易々《やすやす》と殺されるつもりもありません。そのために日夜鍛えておりますから」

二の腕を上げて、服の上からでも分かるほどに逞《たくま》しい筋肉を見せてきた。

「それに、俺が殺されるかもしれないという、その情報を知られただけで十分な収穫だ。ある程度の対策は可能でしょう」

「ですが、いつ、どこで誰に襲われるかも分かっていません」

残念なことに肝心な情報は欠けたまま。

スキルを失う前だったらそれらの情報を得られるまで見ることはできたが、今はほんの一瞬垣間見られるだけ。

このあとも詳細な情報を求めてスキルを使えればいいのだが、また使えるのかも不透明。

どうにかヴァージルを救う情報を伝えたいのに、肝心なときに役に立てないことが歯痒《はがゆ》かった。

ステファンのくだらない見栄《みえ》のために幾度も使ってきたこの力が、レティシアが泣いているかもしれない、力になりたいと追いかけてきてくれた人のために使えない。

「けれど……そうだな、俺が襲われる可能性があるのであれば、レティシア様は俺のところに来ない方がいいかもしれない」

（そんなの、ダメよ）

ようやく自由になれた。

スキルだってステファンや神殿のいいなりになって使うのではなく、レティシアの意思で使っていいはずだ。

だから、これからもスキルを使えるか分からないけれど、ヴァージルを救うために使いたい。

「……いいえ、ヴァージル様。やはり、私、ヴァージル様のところに行きます。そして、ヴァージル様が襲撃される詳細が分かるまでお側《そば》に居させてください」

レティシアの言葉に、ヴァージルの目が大きく開いたのが分かった。

「ですが、危険な目に遭うかもしれません」

「ええ、その覚悟です。危険な目に遭うかもしれない覚悟を背負ってでも、ヴァージル様をこのスキルでお救いします」

確固たる決意を持って言っているのだ。

このまま「ではお気をつけて」と彼のもとを去って、どこかで訃報を聞くなんてことはしたくない。

「私、これまで自分のためにスキルを使うことができませんでした。だから、これは私自らの意志で使いたいと願う初めてのこと。どうか受け入れてください」

こんなの我《わ》が儘《まま》だと分かっている。

レティシアの身勝手な願いだと。

だが、ヴァージルも一度は招き入れる気になってくれていたことだし、レティシアも相当の理由を見つけたので了承しただけのこと。

今さらダメだなんて言わないでほしいと、目で訴えた。

すると、ヴァージルはウっと言葉を詰まらせて天を仰いだあと、顔を手で覆う。

「……貴女が俺のところに来てくれる気になって嬉しい気持ちと、危険な目に遭わせるかもしれないという気持ちとが入り混じってぐちゃぐちゃだ」

盛大な溜息《ためいき》とともに、弱々しい声が聞こえてきた。

やはり迷惑だったのかしらと彼の顔色を窺《うかが》っていると、パッと顔から手を離したヴァージルは、こちらを真正面から見つめてくる。

決意めいた彼の目を見たレティシアの胸が、何故《なぜ》かドキリと跳ね上がった。

「分かりました。俺が住む離宮に来てください。そして、そのスキルで俺を救ってください、レティシア様」

「もちろんです」

「貴女のことは俺が命に代えてでもお守りしますから」

「ありがとうございます」

「だから……」

ヴァージルに手を取られ、甲にキスをされる。

乞うように、念を押すように。

「どうか俺の側に」

希《こいねが》うように、レティシアを求めるような言葉をくれる。

先ほど感じた鼓動がさらに大きなものになり、ドクドクと早鐘を打った。

切ないくらいに胸が苦しい。自分がときめいているのが分かった。

（……ステファン様にもこんなことされたことがないから、慣れていないだけよね？　いいえ、男性にこんなことをされたら、誰だって胸がときめいてしまうものよ）

言い訳めいたことを自分に言い聞かせ、レティシアは了承の意味を込めて頷いた。

「では、さっそく参りましょうか」

ヴァージルは掴んだままの手を引き、レティシアを抱き上げる。

突然のことに目を白黒させて彼の胸にしがみ付くと、ヴァージルはくすぐったそうな笑顔を見せてきた。

「今から馬に乗りますから、こうやって俺にしがみ付いていてください」

絶対に落とさないように丁寧に運びますからとヴァージルは言うけれど、その心配はしていなかった。

ふざけてもそんなことはしないだろうという信頼感がある。

彼の逞しい肉体は、レティシアの身体を易々と持ち上げ、重そうなそぶりも見せない。

何より、ヴァージルの人柄が安心させてくれる。

「……よろしくお願い、します」

照れ臭くて、体温が上がってしまいそう。

今までこんなお姫様のような扱いをされてこなかったから、意識しているだけだとそれなりの理由を見つけては、平然な顔をしてみせた。

レティシアを鞍《くら》に座らせ、その後ろにヴァージルが乗る。

ゆっくりと動き出す馬の上で、レティシアは改めて辺りを見渡した。

「そういえば、もし俺が追い付かなかったらどこに行くつもりでいたのですか？　ご実家には帰るつもりはなかったのでしょう？」

「ええ。実家は兄が継いだのですが、兄とは昔から折り合いが悪くて。私がスキルを失ったことを聞いたときも怒りの手紙を寄越《よこ》してきたものですから、帰るわけにはいかなくて」

「兄との折り合いが悪いのは相変わらずなのですね……貴女も俺も」

レティシアはその言葉に、昔ふたりで話したことを思い出して口元に笑みを浮かべる。

神殿は王都の端にある小高い丘にあり、レティシアは丘を下ってきていた。

ヴァージルに追いつかれたのはその途中で、まだどこに行くか決めかねている状況だった。

「正直、どこでもよかったのです。神殿から離れ、誰にも指示されることなく、自由に行ける所ならどこでも。自分の足で外を歩くのも八年ぶりでしたので」

外の空気や土の感触を楽しんでいた、というのは多少誇張が入るが、それらを感じられる自由を満喫できれば何でもいいと思えるほどに高揚していたのだ。

今考えれば、あのはしゃぎようは恥ずかしい限りだが。

「では、俺のところに来てくださいと言っても、断られて当然ですね。すみませんでした」

「いいえ、ヴァージル様の申し出は私のことを思っての優しさからくるものでしょう？　それを意地張って素直に受け取れなかった私が悪いのです。嬉しかったですよ」

誰かの優しさに触れたらこんなに嬉しくなるものだと、久しぶりに思い出せた。

「スキル、以前と同じくらいに取り戻せるといいですね。俺をいくらでも実験台にしてもらってもいいですから」

「……そうです、ね」

そのためならいくらでも協力を惜しまないと、ヴァージルは言ってくれるがレティシアは複雑だ。

一般的には戻った方がいいのかもしれない。

だが、もしそのことが公になったら、神殿に戻されるだろう。

あそこは優秀なスキルの使い手を預かり、修行をさせる場であると同時に、外に流出しないように保護する場所でもある。

だから、レティシアもスキルが分かってすぐに保護された。

ステファンの婚約者になったのだからなおのことだ。

きっと、一度放逐されても同じこと。

確実に連れ戻される。

（……神殿には二度と戻りたくない）

もっと言えば、ふたたびステファンの婚約者に戻るのも嫌だった。

「それと、スキルが戻ったことは、俺たちの秘密にしておきましょう」

「え？」

まるで、レティシアの心を読んだかのようなタイミングでの申し出に、顔が一気に明るくなった。

そう言ってもらえてありがたい。

「もし公になったら、また神殿に連れて行かれるかもしれませんし。それは、レティシア様も不本意でしょう？」

うんうん、と何度も首を縦に振る。

「レティシア様が離宮にいることも内緒にしておきます。俺が生き延びたあかつきには、身の振り方を改めて考えましょう。俺と一緒に」

「ありがとうございます！」

そこまで気を遣ってもらってありがたいやら申し訳ないやらで、何度も頭を下げた。

一番の懸念事項がなくなって、これでレティシアも晴れやかな気分で離宮に向かうことができる。

「命を救ってもらうのです。当然のことですよ。ぜひ、俺に世話されてください」

「はい！　しっかりとヴァージル様のお命を救えるように頑張ります！　お世話になります！」

離宮は、神殿とは街を挟んで反対側にあった。

林を越えた先にある大きな屋敷で、主に王位を得られなかった王子が一時的な住まいとして使う場所でもある。

　居を構えた王子はそこから出て、王に仕える臣下として城下に住むのだが、ヴァージルはまだ継承権があるにも関わらず離宮に移り住んでいた。

　それに関してはいろいろと憶測が飛んでいる。

　もうステファンに王位を譲るつもりで移り住んだのだとか、ステファンに追い出されたのだとか。

　だが、レティシアがステファンから聞いた話はこうだ。

『あいつはこの状況が耐えられなくて逃げたんだ』

　この状況が何を意味するのかと聞いてみたが、ぎろりと睨まれただけで答えを得られることはなかった。

　だが、本当のところは誰も知らないのは、ヴァージル自身がそれを語るつもりがないからだろう。

　何かしらの考えがあってのことだろうが、いかんせん王位継承の話が絡んでくる。

　ことは複雑だ。

　もうステファンの婚約者ではなくなったレティシアには関係のない話なのだろうが。

「すみません。最低限の人数しか使用人を置いていなくて。少々不便をかけるかもしれません」

「大丈夫です。神殿でも身の回りのことは一通り自分でしておりましたので」

　修行という体でいろんなことを自分でやらされたものだ。

　神殿に入るまでは一介の貴族令嬢でしかなかったレティシアには過酷な環境だったが、時が解決してくれた。

今では生活力が身についてありがたいばかりだ。

離宮に辿《たど》り着《つ》くと、出迎えてくれたのはたった五人だった。

レティシアの実家よりも遥かに広い屋敷を、遥かに少ない人数で回しているのかと想像して、少ないにしてもほどがあるだろうと目を丸くする。

ステファンには侍女も侍従もいたというのに、その待遇の差に戸惑うばかりだ。

「常駐しているのはこの五人で、城から日替わりで人がやってきます。基本的にその人たちは俺たちの居住外の部分を清掃してくれますので、レティシア様が顔を合わせることはないですよ」

つまり、ここにいる五人はヴァージルが信頼を置いている人間ということになる。

今までヴァージルと顔を合わせる機会はあっても、ステファンの手前、口をきくことはあまりなかった。

だから、彼の現状も上辺のことしか知らなかったが、まさか王子であるにも関わらずこんな生活をしていたとは。

「あまり人を周りに置きたくない性質《たち》でして。俺の方で断っているんです。ですが、そのおかげでレティシア様のことも隠しておけます」

皆、口の堅い者ばかりだから安心してほしい。

そう教えてくれたヴァージルにホッとした。

決して冷遇されているわけでも、ステファンが何かをしたわけでもなさそうだ。

「今日はいろいろとあったので疲れたでしょう。ゆっくり休んで、明日またいろいろと話しましょうか」

ヴァージルが気を遣ってそう言ってくれるので、素直に甘えることにした。

部屋に案内されたが、今まで暮らしていた神殿の自室とは比べ物にならないくらいに広くて豪華で、恐縮してしまったほどだ。

出された着替えもシルクで、こんな高級な素材を使った衣服は、ステファンに会うときくらいしか着させてもらえなかった。

袖を通すとき、やけに緊張してしまう。

食事も肉が出されて、思わず唾を呑《の》み込んだ。

「……本当にこれを食べてもいいのですか？」

おそるおそるヴァージルに聞いてしまう。

神殿では野菜と穀物、果実しか口にすることを許されない。

動物の死肉を口にしたら神から賜ったスキルが濁り、失われてしまうと言われて肉食を禁じられていた。

結局、敬虔《けいけん》に守っていてもスキルは失われてしまったわけだから、そんなものは迷信だと証明《しょうめい》されたわけだが。

それでも長年の染み付いた慣習というのはすぐに抜け切るものではないらしく、分かっていても迷いが生じる。

「俺は肉が大好きです。特に牛肉は美味《おい》しいし力もつく。レティシア様は好きですか？」

神殿に行く前は大好きだった。

何の肉が出ても嬉しかったし、魚も大好きだ。

好き嫌いなく食べる子どもで、両親も食べてはいけないと言わなかったし、レティシアが食べる姿を見て嬉しそうにしていたのを覚えている。

「……好き、です……」

でも、どんなものが好きかなんて意見を神官長に封じられてきたレティシアにとっては、食の好みを口にするだけで緊張してしまう。

ついついヴァージルの顔色を窺った。

「なら、お互い好きなものを食べましょう。ここは神殿ではありません。自由に、でしょう？」

ヴァージルは咎めることもなく嫌な顔をすることなく、むしろレティシアがそう言ってくれたことに喜んでくれた。

自由に、という言葉が胸を打つ。

レティシアは泣いてしまいそうなところを、手に握っていたフォークを強く握りしめることでどうにか飲み下し、大きく頷いた。

「はい！」

その日は八年ぶりにお腹《なか》いっぱいになるまで食事を楽しんだ。

部屋に戻ると、浴室にはお湯が汲《く》まれていたし、ベッドメイキングも完璧になされていた。

温かな水で身体を清められることに感動を覚えたし、ふかふかのベッドに寝っ転がっても寝具の肌触りの良さに涙が出そうになる。

今までの暮らしとは違う、温かなものに囲まれた生活。

物だけではない。

ヴァージルを筆頭に人の温かさにも触れた。

「……私、今物凄《ものすご》く幸せかもしれないわ」

改めて自分の今の状況を振り返る。

スキル消失の認定を受けて婚約破棄されて、着の身着のまま神殿から追い出されて、ヴァージルに拾われて至れり尽くせりのもてなしを受けている。

自由を満喫するつもりだったが、これはこれで違った幸せを感じていた。

八年間、スキルの向上だ、将来王妃になるための修行だと銘打って当たり前のものを奪われ続けてきた。

最初こそそれを悔しがり涙していたが、いつしか慣れきって心が麻痺《まひ》していたらしい。

人間としての尊厳を取り戻してくれたヴァージルに感謝しかない。

（このご恩を返すために、絶対にスキルを取り戻してヴァージル様を救ってみせるわ！　明日から頑張るのよ、私！）

ベッドの中で気合いを入れる。

その日は目を閉じた瞬間、眠りに落ちていた。


いつもの習慣で夜明けとともに目を覚ましたレティシアは、しばらくベッドの上でぼうっとしていた。

（——何か聞こえる）

こんな怠惰なことをしても叱られない。

朝のお祈りもないし、禊ぎもない。ゆったりとした朝を満喫していた、そんなときだった。

外から風を切るような音と人の声が聞こえてきて、それに釣られるように起き上がる。

ローブを身に纏《まと》い、窓の外を恐る恐る覗き込むと、そこには誰かが剣を振るう姿が見えた。

「ヴァージル様」

それが誰かなど、考えなくても分かる。

日頃の鍛錬を怠らない、自分には身体を鍛えることが一番の務めだと言っていたが、こんな朝早くから剣を振るっているとは、何ともヴァージルらしい。

素人のレティシアには剣筋などは分からないが、彼に斬られたら身体が真っ二つになってしまいそうだと思えるほどの剣速には、目を見張るものがある。

あの逞しさは飾りではない。

真剣に剣を振るう姿は、溜息がでるほどにカッコいい。

その凛々《りり》しさや勇ましさにくすぐられるものがあって、もっと見たいと窓を開け放った。

朝の冷たい空気が部屋の中に入り、火照ったレティシアの頬《ほお》を冷ましてくれる。

窓枠に肘を突き、傍観者に徹したレティシアは、ヴァージルが華麗な剣技を繰り広げる様に見蕩れていた。

(そういえば、ヴァージル様のスキルって何かしら。聞いたことはないけれど、ステファン様より劣るとステファン様自身が言っていたけれど)

あのステファンのことだ、自分の方が劣っていたとしても見栄でそう言うだろう。

その評価がどこまで正しいか分かったものではない。

ステファンは土属性のスキルの使い手で、小さなものであれば土人形をつくることができた。

いずれこれを磨いて、大量の土人形軍隊をつくると言っていたが、磨かれた様子は見られない。

これよりも劣るスキルといえばいくらでも考え付くが、果たしてどんなものなのか。

もし本当にスキルの性能としていいものではないのであれば、王位継承の決め手になるのはやはり伴侶のスキルだろう。

それなのに、ヴァージルには婚約者もいない。

スキル判定時に王子たちも立ち合い、いいスキルを持った令嬢を選ぶのが慣習だが、ヴァージルが見たときには見初めた女性がいなかったのか。

（……私、最近のヴァージル様のことあまり知らないのね）

彼と接すれば接するほどに、ヴァージルという人を知らないことに気付く。

随分と昔にたくさん話をしたときもあったが、八年も経てば人は変わっていく。記憶も風化していくものだ。

レティシアも彼とどんな話をしたかおぼろげだ。

昨夜から思い出そうとしているが、記憶の端々から痕跡を拾っていく感じでしか思い出せず、もどかしさを感じてしまう。

一方、ヴァージルの方は随分とレティシアを知っている。

こちらが言《い》い淀《よど》む言葉を先回りして言ってくれたりもするのだ。

察しがいいのか、それともそういうスキルなのだろうか。

「おはようございます、レティシア様。もしかして起こしてしまいましたか？」

レティシアの姿に気付いたヴァージルは手を止め、こちらを見上げる。

申し訳なさそうに謝ってくる彼に、レティシアは首を横に振った。

「いいえ、いつもの習慣で起きてしまいました。それにしても凄いですね、ヴァージル様。見事な剣技に見蕩れてしまいました」

嬉しそうにはにかむ彼を見ていると、こちらも嬉しくなる。

「朝食、一緒に食べませんか?」

「ぜひ」

ヴァージルに誘われて快諾したレティシアは、さっそく身支度をし始めた。

綺麗《きれい》な黒髪が映えますよと用意されたドレスは薄水色で、レースもリボンもついている可愛らしいものだ。

ずっと可愛《かわい》いドレスをもう一度着たいと夢見ていたので、喜んで袖を通した。

もうこれだけで今日一日は幸せ気分だ。

朝食に出された白パンも柔らかく、チーズもまろやかで果物はみずみずしい。

オムレツも絶品だった。

頬が落ちてしまいそうとニコニコしながら食べていると、その様子をヴァージルが微笑ましそうに見つめている。

どうしたのかと首を傾げると、彼は苦笑してきた。

「いえ、昨日は食事するにも随分と遠慮がちだったので、今日はそれがなくなって嬉しいなと」

「……それは……神殿にいるときの癖がなかなか抜けなくて。何をするにも制約がついていたので、追い出された今でも、本当にいいのかと確認してしまう自分がいるんです」

身体は解放されても、心はまだまだ自由になれない。

こういうときにそれを実感してしまうけれど、昨日からヴァージルが解きほぐしていってくれている。

「神殿ではどのような生活を？」

「……そうですね」

神殿での生活の一日を追うように話すと、ヴァージルの顔が徐々に険しくなっていく。

基本的には自由はなく、何をするにも神官長の許しが必要であること。

「唯一外に出られたのは城に行くときだけで、それ以外は絶対に出してもらえませんでした。両親が亡くなったときも、葬式に行くことを許してはもらえず……」

「……どうして神官長はそんなことを」

「死は穢《けが》れだからだそうです」

そんなところに行くなどとんでもないと叱られた。

どうしても最後に顔を見たいと泣きながら床に頭をつけて頼み込んでも許してはもらえなかった。

「両親が亡くなって、兄が実家を仕切るようになり、ますます私の帰る場所はなくなってしまい、神殿でしか生きられないのだと思うようになりました」

だから、大人しく従っておけば穏便に済ませることができると学び、自分の心を隠す術を身に着けた。

もしかしたら、ステファンと結婚すればこの生活から逃れられるかもしれないと望みを持ったこともある。

結局彼も、レティシアを従わせてスキルをいいように使うことしか考えていなかったと知り、ますます居場所はないのだと思うようになった。

「だから、諦めは私を守る鎧《よろい》のようなものだったと思います」

だが、それが崩れていったのは、スキルが使えなくなってから。

「どんなに神官長様の言う通りに生活して修行しても、スキルがなくなるときはなくなるのだと分かってからは、神官長にどう思われようとも叱られようとも、どうでもよくなってしまいました」

肩の荷が下りたとでも言うのだろうか。

どこにも行けない、自分はこの道しかないという考えが薄れていき、スキルを取り戻せないままなら、きっと違った道を歩めるのだと希望を見出すことすらし始めていた。

「だから、私は……え？　ヴァージル様？」

不意にヴァージルを見ると、彼は苦悶《くもん》の表情を浮かべていた。

こんな話を聞いて気分が悪くなってしまったのだろうかと慌てると、ヴァージルは手に持っていたフォークを置き、かしこまるようにこちらを見た。

「申し訳ございません。神殿がどんなところか知らず、レティシア様がそんな苦労をしていたとも知らずにおりました。正直、神官長のやりようには腹を立てています」

「いえ！　そんなヴァージル様が謝ることではありません！　神殿は秘匿性が高く、王族も安易に立ち入られない場所でしょう？　だから、知らなくても当然です。私も助けを求めることをしなかった」

「ですが、そんな虐待めいたことが許されるはずがない」

レティシアが諦め捨て去った怒りを、ヴァージルがひとつひとつ拾っては昇華してくれているようだ。

それだけでも嬉しかった。

「レティシア様、ここでは思うがままに生きてください。誰も貴女を縛らない。――俺がそれを許しません。どうかお心のままに」

でも、それだけでは足りないとばかりにヴァージルはさらに嬉しい言葉をくれる。

もう誰にも咎められない自由を保障する。

それを侵す者は自分が何としてでも排除すると心強い言葉を、レティシアの心に真っ直ぐに届けてくれる。

「ありがとうございます、ヴァージル様。そのご恩に報いられるように、貴方をお救いしますね！　私の持ち得る力で」

「それがなくとも、俺としては貴女を全力でお支えしたいと思っておりますよ」

給仕の人間がこの場にいるので「スキルで」とは言えないが、ヴァージルには十分伝わったようだ。

朝食が終わったあと、ヴァージルを呼び止めたレティシアは辺りに人がいないことを確認して、彼の耳元に口を寄せる。

「今日は予定がありますか？　さっそくまた挑戦したいのですが……」

どうだろう？　とつま先立ちになっていた足を戻し、ヴァージルを見上げる。

すると、彼もレティシアの耳元に口を寄せてきた。

「もちろんですよ。ぜひ、よろしくお願いします」

間近でにっこりと微笑まれて、心臓がトクリと跳ね上がる。

自分からしたこととはいえ、まさか同じように返されると思っていなかった。

ヴァージルの低く穏やかな声は心地よく、ともすれば腰にまで響きそうなほど。

さらにそのあとにあんな美しい顔で微笑まれたら、どんな女性でもイチコロだろう。

(絶対におモテになられるだろうに、どうして婚約者がいないのかしら)

長年の謎だが、いまだに解けていない。

ヴァージルの部屋に一緒に行き、ふたり並んでカウチに座る。

「それでは、手をお借りしますね」

節くれだった大きな手を差し出され、レティシアはそっとそれに触れる。

剣を振るう人だから皮が厚くて、豆もできている。

手ひとつで彼が重ねてきた苦労の一端が見えるような気がして、丁寧に扱うように慎重になった。

最初は手のひらに自分の手を重ねて集中する。

だが、それでは何も見えてこない。

次に両手で手を包み込んでみたが、やはり見えなかった。

(昨日と同じではダメだということなの？)

やはり発動には制限があるようだ。

不安定で、不確か。

探るようにヴァージルの手をいろんな触り方をしたが無駄に終わる。

「繋ぐ手を増やしてみてはどうですか？」

がっくりと肩を落とすレティシアの様子を見て、ヴァージルが提案してくれた。

たしかに次はそうなるのだろうが、ひとつ懸念事項があってそれを避けていた節がある。

だが、そんなことも言っていられないと、レティシアは彼の提案に従った。

両手を重ねて指を絡ませる。

まるで恋人同士が繋ぐようなやり方に照れ臭さが湧き出てくるが、押し隠してスキル発動に集中した。

すると、兆しがやってくる。

頭の中に光が差し込む感覚が現れて、一気に目の前で白い光が弾けた。

『急げ！　侍医を呼ぶんだ！』

『ダメだ！　血がこれだけ流れていたら……っ』

『ヴァージル様……しっかりして下さい……』

兵士たちがヴァージルを懸命に助けようと奔走する姿が見えてくる。

すべてことが終わったあとの様子で、ヴァージルは青白い顔をして横たわったまま。

——息がとまった。

誰かがそう言っていたのを聞いて、反射的に手を離した。

「レティシア様？　大丈夫ですか？」

レティシアの様子がおかしいと察したヴァージルは、心配そうな目でこちらを見る。

だが、彼の気遣いに応える余裕がなかった。

身体が微《かす》かに震えているのが分かる。

息も浅く、瞬《まばた》きもできない。

衝撃を受け止めきれずに、すべて時が止まったような感覚に陥った。

「……レティシア様」

そんなレティシアをヴァージルが現実に戻してくれる。

血の気が引いて冷たくなった手を、ギュッと握り締めてくれた。

まだ生きている、大丈夫と伝えてくれるように。

「見えたのですね？」

「……はい」

唇の震えはいまだに戻らないらしく、上手く話せない。

それでも、ヴァージルは根気強くレティシアから話すのを待ってくれていた。

「大丈夫です。俺はどんな未来でも受け止めます」

問題ないとレティシアを宥《なだ》めて。

「……今回は、襲われたあとに兵士や使用人たちがヴァージル様を救おうとする姿が見えました。ですが、誰かが『もう息がない』と言っていて……」

「そうですか。やはり俺はそこで死んでしまうようですね」

何となく予測していたことなのだろう。

もともとレティシアが話す未来について冷静に受け止めていたヴァージルだが、今回はさらに穏やかに聞こえる。

「また場所や日時、犯人は分かりませんでした。声ははっきりと聞こえるのですが、視界が光に覆われていて不明瞭な部分もありまして」

「焦らないでください」

レティシアはこくりと頷く。

「次こそは、必ず」

「いいえ、もう止めましょう。これ以上貴女にそんな顔をさせたくない」

ずっと泣き出しそうな顔をしていますよと指摘されて、眉根を寄せた。

けれども、首を横に振る。

「やらせてください！　ヴァージル様が殺されると分かったら、ますます未来を知らなくてはならなくなりました。私が知りたいのです。ヴァージル様をお救いしたいから」

怖くても構わない。

本当に怖いのは、今見た未来が現実になることだと言い募る。

「なら、無理はなさらずに。これ以上は無理だと思ったら、言ってください」

「分かりました」

「けれど……」

再度両手を繋いで、ヴァージルはレティシアの額に己の額をくっつけた。

「今、俺は生きています。だから、大丈夫です。落ち着いて、深呼吸をして」

「……はい」

聞こえてくる息遣い、伝わってくる体温、ぬくもり、握る手の力、レティシアを映す生気が篭もった瞳。

それらが大丈夫だと教えてくれる。

怖くない、止められる未来だと。

目を閉じてスキルを発動させようと集中する。

ところが、また失敗してしまい、新たな未来は見えなかった。

やはり、新たに接触部分を増やす必要があるらしい。

できれば誰にも話したくないと伏せていたことだったが、背に腹は代えられない。

「……あの、ヴァージル様、私のスキルについて、神官長様しか知らないことがあるのですが」

ずっと秘密にしていたことをこの機会に打ち明けることにした。

この不安定なスキルを昔のように確実なものにするには、四の五の言っていられないだろう。

それにヴァージルならば大丈夫だろうという確信があった。

「私のスキルは、相手に触れれば触れるほどに力が増していくというものです」

「…………つまり？」

随分と長い沈黙が続いたあとで、ヴァージルが詳しく聞かせてくれと言ってくる。

「つまり、先ほどしたように接触面積を多くすれば、より詳細な未来が見えるようになります」

「なるほど」

「……より確実な方法は、その……性的に接触する、つまり……情を交わすというのが一番でして……」

自分で言っていて恥ずかしくなり、熱くなった頬を手で覆った。

あまりにも過激な力の増幅方法であるため、公にしないようにとレティシアも求めたし、神官長も賛同してくれた。

「ですので、できればそういうことをしなくても未来が見えるようにと研鑽《けんさん》を重ねてきたのですが、やはりスキルを失う以前も手で触るだけでは限界がありまして」

今まではそれでもよかった。

ただステファンの未来を見るだけならば、明日の昼食は何か、近い将来に誰が来るとか、体調を崩すかもしれないとか、本当に日常のありふれた未来を見るだけで彼は満足してくれていたからだ。

だが、今回は重大さが異なる。

一瞬垣間見えるだけでは足りない。

「……念のために聞いておきますが、このことはステファンも知らないのですか?」

「知りません。教えるのは結婚してからでいいでしょうと神官長がおっしゃいましたので。もし、もっと未来が見たいと婚前に襲われたら大変なことになりますので」

「……はぁ……よかった……そこだけは神官長の判断力に感謝ですね」

重い溜息を吐いたヴァージルは、酷く安堵《あんど》した様子だった。

「話は戻しますが、ヴァージル様の未来をより確実に知るためには、ヴァージル様とそういうことをした方がいい……という話なのですが……」

「な、なるほど」

ヴァージルの顔も心なしか赤くなっているような気がする。

当然の反応だろう。

未来を知りたければ情を交わせなんて言われたら、誰だって戸惑うし、恥ずかしくなるものだ。

「……えぇと、それは……その……」

しどろもどろに言い淀む彼の姿を見て、レティシアは羞恥のあまり慌てふためいた。

「も、申し訳ございません! もっと未来を知るために私に触れろだなんて、言われても困りますよね？　ましてや性的になんて……私なんかに……」

ステファンにもさんざん言われてきた。

お前には女性としての魅力がない。そのスキルがなければ誰も見向きもしない女だと。

たしかに、菜食中心だったせいで身体の肉付きも悪く、女性らしい丸みがない。

顔も平凡で、着飾り華麗なドレスを身に纏う同じ年頃の貴族令嬢に比べたら質素で、お世辞にも美しいとは言えなかった。

ヴァージルにも好みがあるだろうに、こんな申し出は迷惑にしかならない。

「いえ！　決してそんなことはありません！　レティシア様は魅力的な女性ですし、もちろん貴女に触れられるのであれば、俺は喜んで……触れて、みたい……です」

ところが彼は力いっぱい否定したあと、照れを押し隠してかすれた声を出す。

「で、ですが、たとえ命のためであっても、俺なんかが貴女に触れていいのか……」

「俺なんか、なんて言わないでください！　ヴァージル様に触られるのが嫌とかそういう気持ちはいっさいありませんから！　貴方の尊い命を思えば、いくらでも触れていただいて構いません！」

むしろこちらとしては触らせて申し訳ない気持ちはあるが、ヴァージルも同じように遠慮した気持ちを持っていると知り、きっぱりと否定した。

「触れましょう！　ちゃんと未来が見えるまで！」

どうぞ、と両手を広げてみせると、ヴァージルは顔を手で覆い天を仰ぐ。

「……分かりました」

ようやく顔をもとに戻したヴァージルは、少し恨めしそうな目で見てくる。

「俺が言うのも何ですが、あまり無防備なのはいけませんよ。そう易々とこんなことを男性に許してはいけません」

「何をおっしゃっているんですか。ヴァージル様だから大丈夫だと思って言っているのです。私のスキルの秘密も、ヴァージル様なら大丈夫だと思って打ち明けたのですよ？」

信頼しているから言っているのにと、レティシアは首を傾げた。

すると、ヴァージルは何とも言えない顔をして、手を差し出してきた。

「……信頼は嬉しいのですが、それはそれで複雑です」

「複雑？　どうしてです？」

「……いえ、忘れてください」

これ以上は聞いてくれるなということなのだろうか。

気を取り直して、スキルを使うためにどうやってヴァージルに触れようかと試行錯誤する。

両手で繋いだあとは、次はこれだろう。

「ヴァージル様、抱き着かせていただきます」

「は、はい！」

勢いが大事だ。

躊躇《ちゅうちょ》したら恥ずかしさで動けなくなると、レティシアは勢いよくヴァージルの身体にしがみ付いた。

背中に手を回し、胸に縋るようにくっつく。

頭上から息を呑む音が聞こえてきた。

「次はこれでスキルを使ってみますね」

「分かりました」

目を閉じ集中すると、目論見《もくろみ》通りスキルを使うことができた。

今回は、先ほどとは違う光景で、ヴァージルがしゃがみこんで誰かと話している。

相手の姿は分からないが、険しい顔をしていないところを見るに敵ではないのだろう。

悲惨な場面ではないことに安堵したが、今回もあまり役に立ちそうな情報は得られなかった。

「そうなると、また次に進むしかありませんね」

レティシアはそう言いながら考え込む。

いつ起こるか分からない未来なので、猶予がどのくらいあるかも分からない。

だからのんびりスキルの発動を試行錯誤している時間はない。

「……ですが、次となりますと」

「キス、でしょうか」

ポンと頭に浮かんだものを口に出す。

性的な接触が必要なのだ、これはとても有効的ではないだろうか。

「……キス……こんなことで貴女の尊い唇をいただいてもいいのでしょうか」

「構いません。もう誰にあげる予定もありませんし」

王子に婚約破棄されたスキルを持たない女など、誰も欲しがらないだろう。

レティシアとしては、生涯独身のつもりでいるので、大事に取っておくくらいなら恩人のヴァージルのために使いたい。

ところが、ヴァージルは悩ましい顔をして考え込む。

眉間に皺《しわ》を寄せているその表情は、どこか苦悶にも見えた。

「……～で、ですが、一日置きましょう！　俺に少し時間をください！」

そう言って、ヴァージルは足早に部屋を出ていく。

呼び止める間もなく去っていく彼に唖然《あぜん》としてしまった。

（そんなに悩むことだったのかしら。……でも、そうよね、考えてみれば、ヴァージル様の唇を奪うことにもなるのだから）

レティシアは彼の唇が自分の唇に触れる想像をして、思わず自分のそれに触れていた。

頬が赤くなり、体温も上昇していく。

想像だけでこんなに恥ずかしいのだから、実際にやってみたらどうなるのだろうと今さらながらに自分の性急さが恥ずかしくなった。

しばらくすると、今朝聞いたような音が聞こえてきた。

窓の外を見下ろすと、ヴァージルが剣を一心不乱に振るっていた。

「もしかして、お稽古の時間が迫っていたのかしら」

それならそうと言ってくれればいいのにと、首をかしげる。

ところが、いつまでも終わる様子はなく、こちらに気付くこともない。

何かを振り払うように脇目も振らずに剣を振り下ろし続けた。

ヴァージルが屋敷の中に戻ったのはお昼過ぎ。

そのあとも悩ましい顔をしていたのが気にかかった。


「一日お時間をいただきありがとうございます。しっかりとレティシア様の唇をいただく覚悟を決めました。どうぞよろしくお願い致します」

次の日、会って早々畏《かしこ》まって挨拶すると、ヴァージルは深々と頭を下げてきた。

なるほど昨日のあれは覚悟を決めるためにやってきたのかと合点がいく。

「そこまで大袈裟《おおげさ》に考えなくても……」

「大事なことですから。俺にとっては大袈裟ではなく、何より重大なことなので時間を頂戴しました」

真面目なヴァージルらしいと言えばその通りだろう。

腰を直角に曲げ、背筋をピンと伸ばしながらこちらにつむじを見せる姿など、彼の誠実さが窺える。

「ありがとうございます、ヴァージル様。私もヴァージル様の貴重な唇、覚悟を決めて頂戴いたします」

ならばこちらも誠実さを見せなければ。

昨日と同じようにカウチに隣り合いながら、互いを見つめる。

「俺から触れてもよろしいですか？」

「よろしくお願いいたします」

自分からキスをするものだと思っていたので、ヴァージルから触れると言ってくれて安堵した。

両肩を掴まれ、ドキリとする。

いつも以上に真面目な顔をするヴァージルは怖いくらいに真剣だ。

でも、何故かその顔に見蕩れてしまう。

「……あの、見られていると恥ずかしいので、目をつむっていていただけますか」

「あ！　なるほど！　承知いたしました！」

たしかに顔を近づける様子を凝視していたら、ヴァージルも恥ずかしいだろう。

性の知識には疎いレティシアは、失礼なことをしたと反省した。

瞼《まぶた》を閉じて、受け身の体勢になる。

ただひたすら何も見えない中で待っているというのは酷く緊張するもので、時が経つにつれて自分の鼓動が大きくなっていくのが分かった。

ふに、と柔らかいものが唇に当たり、そこから熱がじわじわと伝わっていく。

熱は徐々に全身に行き渡り、きゅう……と胸が締め付けられた。

初めて知る感情が溢《あふ》れてきて、レティシアはスキルそっちのけで今自分を支配しようとしている感情の正体を探ろうとする。

だが、分かってしまう前に、唇は離れていった。

すっと目を開けると、目の前には頬を紅潮させ、己の胸の部分の服を鷲掴《わしづか》みにしているヴァージルがいる。

「ヴァージル様、まだスキルを使っていなくて……」

「……すみません……心臓が爆《は》ぜてしまいそうで……」

だから胸を押さえていたのかと気付いたレティシアは、大丈夫かと近づいた。

俯きがちになっているヴァージルの顔を覗き込むと、彼の漆黒の瞳と視線がかち合う。

「……レティシア様、できることなら紳士でいるよう努めますが、いかんせん俺も男ですから……その、理性が利かなくなるときがあるかもしれません。そのときはどうぞ、俺を殴ってください」

「なぐっ!? ……るまではいかなくとも、限界ですとお知らせします。ですが、未来を深追いしていくために、どんどんと過激なものになっていくのは致し方ないと思いますので」

屈強なヴァージルをレティシアが殴ったところで歯止めになりそうもないが、それでもヴァージルは本気だ。

それに、目的はそこではない。

未来を見るためならば、多少の無理も承知の上だ。

「……そんなに許されると、調子に乗ってしまいますよ、俺は」

「お任せください！　どんといらしてくださいませ！」

胸を貸すつもりで言うと、「ならば」とレティシアの腰に手を回して自分の方に引き寄せてきた。

「今度はもっと長く、深く、……貴女と繋がります」

艶《つや》めいた声でそう囁《ささや》くと、ヴァージルはレティシアの唇に噛《か》み付《つ》くようなキスをしてくる。

ただ重ねるだけではないそれは、唇を抉《こ》じ開《あ》けて深く繋がり合った。

顔を傾けてぴったりと隙間なく重なるキスに、レティシアは驚きながらも受け入れヴァージルの肩に手を置いた。

彼もそれを許しの合図だと分かったのか、口内に舌を差し入れてくる。

歯列を舐《ねぶ》られたと思ったら、舌も絡め取られて愛撫《あいぶ》された。

「……んっ」

キスはただ唇を重ねるだけではないのか、深く繋がるとはこういうことなのかと、今起きている状況をどうにかこうにか理解しようとした。

けれども、理解できる前にヴァージルが舌で翻弄してくる。

ソワリと甘い痺《しび》れが腰に下り、レティシアは逃げるように腰を揺らした。

「……レティシア様……スキルを」

「……ぁ……は、い……」

そうだ、狼狽《ろうばい》している場合ではない。

スキルを使って、肝心の未来を見なければ。

レティシアは、どうにかこうにか集中してスキル発動を促す。

——ところが、見えてきた光景はいつものヴァージルが襲撃されたときのものではなく、何故かこちらを見下ろすヴァージルの顔だった。

(何……これ……)

初めて見る光景に不安を覚えながら、スキルの効果が途切れないように集中をし続ける。

『……たとえこれが未来を見るためだとしても、俺は……それでも貴女を……っ』

息を荒らげたヴァージルが、眉根を寄せながらレティシアに向かって腰を打ち付ける。

次の瞬間、下腹部から何かに突き上げられた感覚がこの身体を貫いた。

『……ひぁっあぁっ！　……ま、って……そんな、気持ちよくされたら……スキル、上手く使えな……あぁっ！』

もしかして、これはヴァージルに抱かれている光景なのではないだろうか。

つまり、近い未来、こういうことがあるということで……。

『……そんなことを言われたら、ますます止まれなくなるっ』

『……やぁっ！　まって……あっあぁ……ひぅ……うぁ……イ……ちゃう……イってしまうからぁっ！』

そう言いながら、抗《あらが》う術もなく高みに上げられた未来のレティシアは、あられもない声を上げて果てた。

「……あ……え？　……やだ……まっ……あぁっ！」

未来の自分の感覚を共有してしまったのか、現実のレティシアも未来のレティシアとほぼ同時に快楽に突き上げられるような感覚に襲われる。

ビクビクと四肢を震わせ、驟雨《しゅうう》のように迫りくる絶頂の波に、小さな喘《あえ》ぎ声を出してはヴァージルの腕の中で悶《もだ》えた。

「レティシア様！」

大丈夫かとヴァージルが頬を擦ってくるが、その感触ですらも敏感になった肌には心地よくて仕方がない。

引くまでに時間を要し、ようやく落ち着いたときには息も絶え絶えだった。

初めての感覚に、ただただ驚愕《きょうがく》し、受け止めることで精一杯だったのだ。

（……今のは、未来の私と感覚が繋がった？　ということは……）

つまり、達してしまっていた。

あの状況、そして未来のレティシアの言葉から導き出した答えに、ぶわりと全身から汗が出てくる。

しかも、ヴァージルの腕の中で。

彼が見ている目の前で。

スキルを使っていたはずなのに絶頂していたなんて、恥ずかしくて穴があったら入りたいくらいだ。

「大丈夫ですか？　レティシア様。落ち着かれました？」

ところが、ヴァージルは気遣いの言葉をかけてくれる。

本気で心配してくれているのか、少し顔色が悪い。

こちらは痴態を見られたかもと心配していたが、ヴァージルは純粋にレティシアの体調を心配してくれていた。

「だ、大丈夫です。……ちょっと未来に引きずり込まれたと言いますか……こんなこと初めてなので戸惑っておりますが、身体の面では大丈夫です」

何と言って説明したらいいのだろう。

あれやこれやと考えあぐねている間も、ヴァージルはレティシアが本当に大丈夫か額に手を当てたり、脈を図ったりしていた。

ようやく大丈夫だと確信を得られたのか、表情を和らげて再度何があったのかと聞いてきた。

「あの……驚かないで聞いてほしいのですが……」

「分かりました」

「……先ほど見えたのは、今までのようにヴァージル様が襲われた場面ではなく……私たちふたりの姿でした」

こんなこと、本当に言ってもいいのかともじもじと指を動かしながら、勇気を振り絞る。

「……どうやら、私たち、普通の接触では確実な情報を得られなかったようで……その、つまり……」

「つまり？」

「……情、を交わして、未来を見ることにしたようでして……私たちが、抱き合っている姿が……」

「えっ⁉」

ヴァージルが大きな声を上げながら仰《の》け反《ぞ》る。

顔は真っ赤で、口元に手を当てている様子から明らかに動揺していた。

「驚かないとおっしゃったじゃないですか……」

「すみません。……ですが、これは驚かずにいられませんよ」

「そうですよね……」

ふたりの間に妙な空気が流れた。

おそらく未来を模索しているうちにあそこまで辿り着いたのだろう。そういうことも含めて覚悟を決めたけれど、いざ目の当たりにすると狼狽《うろた》えてしまう。

何より、あの共有してしまった感覚だ。

あれがいまだにレティシアの身体の中で燻っているように思えて仕方がない。

裸であんな、甘い声を我慢できないような気持ちいいことをする未来がくるのだと思うと、ヴァージルをこれまでよりもっと意識してしまう。

「とにかく、一旦落ち着きましょう。今、レティシア様が見たのは未来の一端です。それを変える手段はいくらでもあるでしょう。そこまで行きつかないようにどうにか方法を考えて……」

どうにか回避することができればと、ヴァージルは考えているようだ。

だが、それではあまりにも遠回りになってしまう。

確実な方法が目の前に転がっているのに、いつ事件が起こるか分からない状況で採らないのはあまりにも愚かだ。

「いいえ、ヴァージル様。もうそこまでするしかない状況なのだと思います。私のスキルは不安定で、もしかするといつかまた消えるかもしれない。そうなる前に、しっかりと未来を知っておかなければ」

「待ってください。……その、女性にとって純潔は大事なものだ。俺も貴女を大事にしたい。これはキスとはまた話が違う。一生を左右する話でもあるでしょう？」

「ヴァージル様の襲撃だって、一生を左右する話です。私は貴方の命を守るためならば、何だってする覚悟で……」

「ダメだ！」

ヴァージルが声を荒らげる。

あまりの迫力に気圧《けお》されたレティシアはしばし呆然《ぼうぜん》としていたが、次第に拒絶されたと分かり苦しくなった。

あの温厚なヴァージルがそこまでして言うのだ。

キスまでは許せても、抱くことまではできないということなのだろう。

「……申し訳ございません……わたし、わたし、そこまでご迷惑をかけるつもりでは……」

「ちがっ！　違うんです、レティシア様！」

「……でも、私ができうる限りのことでヴァージル様をお救いしたくて。……私に自由に生きていいと言ってくださったヴァージル様だから……貴方だから……」

独りよがりだったかもしれない、ここまでされるのは迷惑だったのかもしれない。

それにも気付けずにヴァージルに考えを押し付けた自分が恥ずかしかった。

「……本当に違うんです。迷惑とか嫌とか、そういうことではありません」

レティシアの眦に浮かんだ涙を指で拭い、ヴァージルは辛そうな顔をする。

「俺がダメだと言ったのは、俺がレティシア様のことが好きだからです。女性として、貴女を愛しているから、適当な気持ちで抱きたくない」

「……好き？」

誰が？　誰を？

突然のことに頭が真っ白になったレティシアは、口をぽかんと開けて唖然とする。

涙も引っ込んで、目の前の人を見つめ続けた。

「俺の命と貴女どちらかを選べと言われたら、迷いなく貴女を選ぶ。そんな男です、俺は。そのくらい愛しているし、大事にしたいと思っている」

「……今まで、そんな素振りは」

「ええ。貴女はステファンの婚約者でしたから。この想《おも》いは迷惑にしかならないと分かっていたので、自分の奥底に封じておりました」

ましてやステファンはヴァージルを敵視している。

ヴァージルが本気でレティシアを獲《と》りに来たら、苦しい思いをするのは間違いなくレティシアだ。

だから、言わずに心に秘め続けていたと。

「……それにレティシア様はステファンのことをそう簡単には忘れられないでしょう?」

「……え?　ステファン様?」

あまりの驚きの言葉に声が裏がえってしまった。

待ってほしい。

その言葉は、まるでレティシアがステファンを好いているように聞こえるではないか。

未練も何もないので、綺麗さっぱり忘れたいくらいなのだが。

(もしかして、ヴァージル様、勘違いをされている?)

「そこにつけ込むのは、卑怯《ひきょう》だ。……貴女と抱き合うのは、貴女が俺を好いてくれて、義務感ではなく心からそう思ってくれたときがいい」

本当に申し訳ありません。

ヴァージルは深々と頭を下げて部屋から出ていった。

そんな彼の背中を追うように手を伸ばしたのだが届くはずもなく、空を切るだけに終わる。

「……ステファン様のことなんてこれっぽっちも好きではないのですけれど」

レティシアの声が虚《むな》しく部屋に響いた。

第二章

人生でたった一度、心の底から悔しい思いをしたことがある。

あのときのことは生涯忘れられないだろうし、一生癒えぬ傷として残り続けるだろう。

己を責め、あんな陳腐な罠《わな》にはまった自分を呪った——あの、絶望の瞬間。


「目障りだから私の近くをウロチョロするな。どこか隠れて参加しろ」

ステファンが、当時十一歳のヴァージルに対し冷たく言い放った。

突き飛ばして、こちらを見下ろしながら。

大人に見つからない隠れた場所で意地悪をし、見つかればヴァージルが悪いことにしてしまう。

いつもそんなやり口でヴァージルを虐《いじ》めていたステファンは、今日もまたこちらを不利な状況へと追いやろうとしていた。

その日は、年頃の令嬢とその親を招いてお茶会を開いていた。

いわゆる伴侶候補探しである。

このあと十歳になりスキル判定を受ける令嬢たちを、事前に品定めするための場でもあった。

だからこそ今もこうやってヴァージルを大切な場から追い出そうとしていた。

ステファンとは母親が違う。

前王妃は、ステファンを出産したあとに儚《はかな》くなってしまった。

その二年後に新たな王妃を迎えて生まれたのが、ヴァージルだ。

ヴァージルの母親も五歳の頃に亡くなってしまい、今、王妃の座にはまた別の女性が座っている。

五年前に新たに迎えて以降、子どもが生まれる兆しがないままやってきた。

故に、ふたりだけの王位継承争いであることは決まっていて、どちらかが王になる予定だ。

そして、ステファンはヴァージルを必要以上に敵視してきた。

極め付きは、ヴァージルのスキル判明だったのだろう。

半年前、判定を受けた結果、ヴァージルのスキルは「強靭《きょうじん》」。

身体が強くなるというものだった。

土属性のスキルを持つステファンと比べると遥かに劣るそれは、ステファンを付け上がらせるのには十分だった。

見下す言動が多くなり、この日もふたりとも参加が義務付けられているのにも関わらずにヴァージルを追い出そうとする。

まだ幼かったヴァージルは、ステファンの横暴に抗う術を知らず、大人しくそれに従うことで争いを避けてきた。

今日も同じく、どこかへ行けと理不尽なことを言う彼から逃れるために、お茶会が開かれている庭園の中をひと気がない場所を探して歩き回る。

ひとりは苦痛ではない。

むしろ気楽で、変に令嬢たちと口をきいてステファンの怒りを買うよりは幾分かましだと、ズンズンと足を進めていった。

ようやく話し声が聞こえなくなるところまでやってこられた。

大きなお茶会なので、静かな場所を探すにも一苦労。

どこか落ち着ける場所をと、庭園の中心にある噴水を道なりにぐるりと回って越え、花壇が並ぶエリアにやってくる。

スイセンやチューリップ、ゼラニウム、他にヴァージルが知らない色とりどりの花が咲き誇っている静かな場所だった。

この景色を独り占めだと思っていたのだが、どうやら先客がいたらしい。

黒髪の少女が空を見つめてフラフラと歩いていた。

少女の紫の瞳は上を見ていて、下には意識がいっていないようで、徐々に足を花壇の方へと向けていく。

近くで見ているヴァージルは、彼女が躓《つまず》いてしまうのではないかとハラハラしながら見守っていた。

「危ない！」

そして、案の定、花壇に足を取られて身体が傾いていく。

ヴァージルは咄嗟に彼女を助けるために駆け寄り、花壇に顔から倒れ込みそうになるその子の手を掴んで強く自分の方に引っ張った。

引く力が強すぎたのか、はたまた少女が軽かったのか。

勢い余って後ろに倒れ、少女を腕の中に抱えたまま尻もちをつく。

少女を助けられたことに安堵していると、彼女はバッと顔を上げて泣きそうな顔を見せてきた。

「だ、大丈夫ですか⁉　怪我はありませんか⁉　それと、本当にありがとうございます！」

少し混乱しているのか、矢継ぎ早に話す。

「俺は大丈夫。落ち着いて」

宥める言葉を口にすると、少女はホッとして笑顔を見せてきた。

「改めまして、助けていただきありがとうございました、ヴァージル殿下」

手を差し出して起き上がる手助けをしながらふたりで立ち上がると、少女は淑女の礼を取ってお礼を言う。

名前を聞こうかと口を開けた瞬間、あちらの方が先に「あっ！」と口に手を当てて慌てて自己紹介をしてくれた。

「申し遅れました。アーレンス伯爵家のレティシアと申します」

「レティシアか。改めてよろしく、レティシア」

これがヴァージルとレティシアの出会いだった。

「ところで空を見ながら歩いていたようだが、何かを探していたのか？」

「はい。あの、ヴァージル殿下はオパール色の蝶って知っていますか？　私、それを探していまして」

「オパール色の蝶……見つけると幸せになると言われているあれか」

「そうです！　しかも、お願いごとをすると叶《かな》えてくれるという、なんとも太っ腹な蝶です！　大きなお城の庭園ならばきっといると思って！」

母からオパール色の蝶の話を聞いてから、ずっと探している。

外に出るたびにどこかにいないかと見渡すのだが、今まで見つけたことがない。

母親が庭園ならば見つかるかもしれないからとお茶会に行こうと言われて来たのだが、見つけられずにいたのだとレティシアは教えてくれた。

「ヴァージル殿下は見たことがあります？」

「いや、この庭園で見たことはないな」

「そうですか……」

あからさまにがっかりし、肩を落とすレティシアを見て、ヴァージルはその可愛らしさに口角が上がっていた。

オパール色の蝶の話は、もっと小さいうちに聞いて探すものだ。

さすがにこの年になったら、なかなか目にするものを追いかけることは不毛だと見切りをつけるというのに、彼女は諦めきれないでいる。

その姿があまりにも必死でいじらしい。

「どうして見つけたいんだ？　何かお願いごとが？」

「いえ、そういうことではないのですが……何となく見つけたらいいことが起こりそうな予感がするので、一度は捕まえてみたいと」

「いいことって、たとえばどんなこと？」

あまり人と話しても自分から話を広げる方ではないのだが、どうしてかレティシアに関しては自分からぐいぐい行ってしまう。

同じようにこんなひと気のないところにやってきた彼女への仲間意識だろうか。

「そうですね……たとえば、お兄様の頭の上に小石が落ちてくるとかでしょうか」

あまり人が話をしている最中に噴き出すのは失礼だと思い耐えてきたが、とうとう耐えきれずに笑ってしまった。

まさか自分の兄の頭に小石が落ちることが「ちょっといいこと」なんて。

「もしかして、お兄さんと仲が悪いの？」

「仲が悪いというより、お兄様は凄く意地悪なのです。今日だって『お前のような奴《やつ》がお茶会に参加しても、王子たちの目を汚すだけだ』って言うんです。何もそこまで言わなくても……」

「それは酷いね」

「そうなんです！　だから、大怪我《おおけが》したら可哀想なので、少し痛いくらいの大きさの石が落ちてくれば、少しすっきりするかなと思って」

可愛らしい復讐《ふくしゅう》だなと、少し彼女の純粋さが羨ましくなった。

「俺も兄が苦手で、意地悪とかされると少し痛い目にあってくれないかなって思うときがあるから、気持ちが分かるよ」

「ヴァージル殿下のお兄様も意地悪なのですか？　兄という人たちは、皆、意地悪になるものなのでしょうか」

もっと弟妹に優しくても罰は当たらないのにと、レティシアは頬を膨らませている。

たしかに彼女の言う通り、少しの優しさを持つことができれば、兄弟仲は上手くいっていたかもしれない。

結局、王座を巡って争う運命を課せられても、憎しみに似た気持ちをぶつけられることもなく、ヴァージルも寂しさを覚えることはなかっただろう。

「じゃあ、一緒にオパール色の蝶を探しましょう？　ヴァージル殿下」

レティシアが手を繋ぎ、ヴァージルを引っ張る。

「ふたりで探せば、きっと見つかります！　そして、見つけたら、ふたりで蝶にお願いをしましょう。お兄様たちが私たちに優しくしてくれますようにって」

この辺りはもう探し終えたので、今度はあっちの花壇の方を探しましょう。

レティシア主導でオパール色の蝶探しが始まる。

「見つかるかな」

「見つかりますよ！　ヴァージル様は右を、私は左側を探しますね」

幻の蝶なんて見つかるはずがない。こんなことをしても、徒労に終わるだけ。

頭では分かっているのに、ヴァージルは胸の高鳴りを止められなかった。

またレティシアが転ばないようにと前方に注意を向けながら、蝶を探す。

（……綺麗だ）

久しくこんなふうに外の風景を見ることがなかった気がする。

いつも兄から逃げて、目立たないように隠れて。

昔は身体を動かすことが大好きで、今は亡き母に騎士になりたいと話していた、そんな活発な人間だったはずなのに。

いつからこんな人間になったのだろう。

感傷じみた想いから、じわりと眦に涙が滲《にじ》みそうになる。

それを眉間に力を入れることで必死に隠そうとした。

「……そんなにお兄様方に酷い目に遭わされているのですか？」

ところが、隠し切れてはいなかったようで、レティシアに顔を覗き込まれて心配そうに見つめられる。

こんなところを見られるとは不覚だと誤魔化しを図るも、その前にレティシアが繋いでいた手を力強く握りしめてきた。

「大丈夫です！　私、ヴァージル様の幸せもたくさん願いますから！　オパール色の蝶に、ヴァージル様をたくさんたくさん幸せにしてくださいって！　もう泣くことがないようにって！」

だから絶対に見つけましょうと、レティシアに火がついたようだ。

「俺の分まで願ってくれるの？　ありがとう。でも、レティシアの分がなくなってしまうから、自分のことをお祈りしなきゃ」

「そうしたら次も見つけます！　何度でも何度でも見つけます！　ふたりが幸せになるまで、いくらでも！」

ふたりが幸せになるまで何度でも。

レティシアの前向きな言葉に救われる。

自分を幸せにするとか、救うとかそういう考えは随分と前に捨て去ってしまっていた。

でも、たしかに、蝶にお願いするくらいはしてもいいかもしれない。

少しくらいはいいことがありますように。

ステファンの頭の上に小石が落ちますようにと。

その日はオパール色の蝶を見つけることができず、ヴァージルを探しにきた従者によってふたりともお茶会場に連れ戻されてしまった。

「ヴァージル様、見てください、あそこ」

レティシアが茶会で賑《にぎ》わう人々の一角を視線で指してくるので、ヴァージルもそちらに目を向ける。

「今ステファン殿下と親しそうに話しているのは、私のお兄様です」

どうやら、ヴァージルたちが留守にしている間に意気投合したらしい。

会話の内容は聞こえないが、ステファンが気持ちよく話している姿を見るに、相当レティシアの兄は気に入られたようだ。

「意地悪同盟ができてしまいましたね」

「ならこちらも結託しなくてはな」

ふたりでこっそりと笑い合った。

初めて味方とはっきり言える人と出会えて、ヴァージルの日常は少しずつ変わっていった。

今までは投げやりな部分もあったのだろう。

城内はすでにステファンとヴァージルのどちらがより王位に近いかを見極め、有利な方へとおもねる空気が流れている。

現状ステファン有利で進む中、ヴァージルの味方をしてくれる大人は少ない。

子どもも正直で、ステファンにお近づきになろうとこぞって群がっていた。

レティシアとの出会いは偶然だ。

でも、ステファンが得られなかった出会いを、ヴァージルだけが与えられた出会いを大切にしたい。

ヴァージルは、レティシアと出会った翌日から積極的に外に出るようになった。

兵士の訓練場に赴き、どうか自分に剣を教えてくれと頼み込み、兵士たちに混じって訓練をし始めたのだ。

強靭というスキルを手に入れたのだ、それを磨かない手はない。

たとえ、身体が丈夫になるというだけのものであっても、基礎の頑丈さを底上げしておけばさらに強くなれると考えた。

そんな動機で始めた鍛錬だが、自分には性に合っていたらしい。

身体を動かせば動かすほどに、余計な煩わしい悩みから解放されていく。

やる気もみなぎり、自己肯定感も上がっていく気がした。

何より、ステファンのいびりが怖くなくなったことが大きいだろう。

筋肉がつき、身長も身体の厚さも増していくにつれて、彼らを軽くいなせるようになったし、あちらも恐れをなして口先だけの攻撃に変わっていった。

兵士たちがヴァージルに「筋肉をつけると世界が変わっていきます」と教えてくれたのだが、まさにその通りである。

一方、レティシアとのオパール色の蝶探しは継続中で、会うたびにふたりで探し回った。

お茶会があればレティシアに会える。

ずっと憂鬱だったお茶会が楽しみになっていったのは、すぐのこと。

レティシアは毎回真剣に蝶を探していたが、ヴァージルは見つかっても見つからなくてもどちらでもよかった。

彼女と一緒にいられるだけでいい。

ただそれだけで幸せだった。

「先日十歳になりましたので、今度スキル判定の儀式を受けます」

レティシアがそう切り出したのは、出会って五回目の蝶探索のときだったか。

スキル判定と言われて、自分の心臓が嫌な音を立てたのが分かった。

「お兄様はスキルなしと判定されたので、私もきっとないだろうと言われました。また馬鹿にされて悔しいので、どんなものでもいいのでスキルがあってほしいです」

もうこの歳になると、スキルが発現している人も多いので、まったくその兆しが見えない人の半分はスキルなしと判定されることが通常だ。

どうなるかは分からないが、レティシアにはスキルがあってほしい。

「当日、ヴァージル様たちもいらっしゃるのでしょう？　伴侶探しに」

「あぁ、そうだよ」

もし、スキル持ちだと判定されれば、レティシアを婚約者に指名することができる。

彼女とさらに一緒にいられる時間が増えるかもしれないと、ヴァージルは一縷《いちる》の希望を見出した。

生涯を共にするならレティシアがいい。

まだ数回しか会っていないけれど、ヴァージルの本能が訴えている。

――彼女しかいないと。

もし、スキルを持っていなくても、王位継承を投げ出すことになっても、それでも。

「どんなスキルを持っていても、スキルを持っていなくとも、君に誰かに元気をくれる力があることは確実だ。俺は君に会うたびに元気になっていく」

「人を元気にする力……そんな素敵なことをおっしゃってくれて嬉しいです。私も、ヴァージル様と会うたびに元気になります」

「当日も見守っているから」

「少し怖いなって思っていましたが、ヴァージル様がいらっしゃるなら怖くありませんね。会えるのを楽しみにしております」

レティシアのスキル判定儀式の日は、運命の日になる。

そんな予感を胸に抱きながら、ヴァージルはその日を心待ちにしていた。


当日、馬車で神殿に向かい、同じところを目指して集まってくる馬車の中からレティシアの家のものを探す。

儀式を見届ける場では顔を合わせることができるが、その前に会えるなら会っておきたかった。

残念ながら見つけることができず、肩を落としながらヴァージルは用意された控え室へと向かう。

「おい、話がある」

だが、辿り着く前にステファンに呼び止められてしまい、ヴァージルは渋々足を止めた。

「何か用か？」

彼に呼び止められていいことがあったためしがない。

それよりもレティシアを探したい気持ちが逸《はや》るばかりに、ステファンを睨みつけた。

「いいから来いよ。お前が最近茶会のたびに会っているサイモンの妹のことで話がある」

ヴァージルのこめかみがぴくりと震えた。

サイモンとはレティシアの兄だ。

そして、ステファンが何やらレティシアについて話そうとしている。

さすがにこれは無視できず、儀式まで時間があることを確認し、ヴァージルは頷いた。

大人しくついていけば、着いたのは神殿の庭だった。

大きな木の前で足を止めたステファンは、そのままこちらを振り向きもしない。

「話って何なんだ」

焦れたヴァージルが問いただせば、ようやくステファンはこちらに向き直る。

そして不敵な笑みを浮かべて、パチンと指を鳴らした。

何をしているのかと怪訝《けげん》な顔をしていると、不意に足に何かがぶつかった感覚がする。

サッと自分の足元に視線を落とすと、土がぼっこりと盛り上がっていた。

その土はみるみるうちに形作り、大きな手となってヴァージルの足を掴む。

「何を……！　ステファン！」

彼を睨みつけると、にやにやとした下卑た視線が返ってきた。

土でできた手から逃れようともがいたが抜け出せず、それどころか木の枝や蔦《つた》が伸びてきてヴァージルの身体に絡みつき、身動きを取れなくしてしまう。

口も塞がれ、声も出せない。

「サイモンの妹の話なんて嘘だよ。お前はこのまま儀式が終わるまでここにいろ。私ひとりでじっくりと伴侶を探したいからな」

だからお前をここに留《とど》めておくのだと、ステファンは高笑いをする。

「儀式が終わったら解いてやるよ。ついでにお前の悔しさに歪んだ顔も見てやる」

「んん――っ！」

ヴァージルは懸命に四肢を動かした。

あれほど身体を鍛えているのだ、このくらい抜け出せて当然だ。

スキルだってあるはずなのだから、頑丈な身体を使いさえすればどうにか。

そう思うのに、何ひとつ破れない。

足を掴む土の手も、腕や太腿《ふともも》、胴に至るまで絡みつく木の枝も、口を塞ぐ蔦も。

ヴァージルの力ではすぐに抜け出すことはできなかった。

それでも諦めずにヴァージルは動き続けた。

どうにかレティシアの番がやってくるまでにこれをほどいて、辿り着かなくては。

ようやく抜け出せたとき、頭の中にはレティシアのことしかなく、早く彼女のもとに行きたいと藻《も》掻《が》いて傷だらけになった足を動かす。

晴れ舞台を見届けて、スキルがあったにしてもなかったにしても、レティシアに婚約者になってほしいと申し込みたい。

彼女と生涯をともにしたいと皆の前で宣言したい。

その瞬間を夢見て、聖堂にひた走った。

だが、聖堂の扉を破るように開け放ち、その先でみたものは……。

「レティシア・アーレンス、君を私の婚約者に指名しよう」

――ヴァージルを絶望に追い落とす光景だった。

「……光栄でございます、ステファン殿下。謹んでお引き受けいたします」

レティシアがステファンの目の前で傅《かしず》き、彼の求婚に頷くと周りから拍手喝采が沸き起こっている。

祝福の音が鳴り響く中、ヴァージルは愕然《がくぜん》としながらその場に立ち尽くす。

王子に求められれば断ることができない。

それが令嬢たちのさがだ。

そう分かっていながらも、レティシアが頷いたことにショックを隠せない。

「やぁ、ヴァージル、遅かったな。どこに行っていたんだ?」

レティシアを立ち上がらせ、これ見よがしに肩を抱きながらヴァージルに嫌味を言ってくる。

勝ち誇った顔で、彼女はもう自分のものだと見せつけるように。

その横で、ふとこちらを見たあと、気まずそうに俯くレティシアがいた。

あとから聞くに、レティシアのスキルは「未来視」だったらしい。

最高ランクのスキルに場は沸き上がり、すぐさまステファンがレティシアを婚約者に指名した。

その場にヴァージルがいれば違っていただろう。

自分も名乗り出れば、審議に入り、決定権は王かレティシア本人に委ねられる。

だが、ヴァージルは間に合わなかった。

ステファンの罠にかかり、重要な場面に立ち会えなかったのだ。

自分が儀式の場に間に合わなかったのはステファンが足止めしたからだと父に直談判《じかだんぱん》したが、もう決定を覆すことはできないと言われた。

『ある意味、これも競争なのだ、ヴァージル。敗者に語る弁はない』

王位継承者選定に私情や情けは一切持ち込まない王の言葉は、ヴァージルをとことん打ちのめした。

お前は唯一無二のチャンスを、どんな理由であれ逃したのだと。

――レティシアとの婚約は、ヴァージルにとっての希望だった。

彼女が側にいてくれたら、こんな世界も息苦しくないと思えたのに。

それなのに、ステファンが卑怯な手を使って奪い去っていった。

彼に腹が立ったが、何よりもヴァージルは自分を責め続けている。

あのとき、ステファンの言葉に応じないという冷静さを持てたのなら。

自分を雁字搦《がんじがら》めにした土や枝たちを、すぐさま振りほどけるほどの力があれば。

間に合っていたのなら。

それらを悔やみ続けているヴァージルはひたすら身体を鍛えた。

もう二度とあのような悔しい思いをしないように、屈強な身体を作り上げ、そして心の鍛錬にも励んだ。

だが、どうしても、ステファンとレティシアが婚約者として並んでいる姿を見ていると、腹の底からマグマが煮えたぎるような感覚が込み上げてきて仕方がない。

一方で、あの裏では性格の悪さを発揮しているステファンのことだ、もしかしたらレティシアにも酷いことをするかもしれないと懸念していた。

ところが、彼が大人になったのかそれとも婚約者は別なのか。

ステファンはレティシアを大事にし、彼女のことをよく自慢してくる。

レティシアは素晴らしい、きっと自分を支えてくれる大切な存在になるだろうとことあるごとにヴァージルに話してくるのだ。

レティシアもまた、ステファンに大事にされていると微笑んでいた。

目の前が真っ赤に染まって、握り締めた自分の手がいつの間にか血まみれになっていた。

自分の醜い感情を制御できないことも悔しくて、また鍛錬で一心不乱に剣を振り続けた。

レティシアは儀式のあとすぐに神殿預かりになっていたので、ヴァージルがその姿を見ることができたのは、公式行事のときかステファンが見せびらかしにきたときだけだ。

会うたびに美しくなっていくレティシアを見て、いつも胸が苦しく締め付けられた。

たおやかに、慎《つつ》ましく、ステファンの隣にいて彼の婚約者であるために日々神殿で研鑽を重ねていると話すレティシアに見蕩れては恋い焦がれる。

『ステファン様の妻として嫁げるその日を心待ちにしております』

彼女がそうステファンの隣で話した日は、自分の部屋でこっそりと涙を流した。

もう、レティシアは、ステファンの婚約者としての未来を見出している。

そのために修行をしているのだし、心づもりもしているのだろう。

肩書きだけではない、心もまたステファンに向かっているのだ。

自分は昔の恋心を引きずり、横恋慕しているだけの彼女の未来の義理の弟。

しかも、婚約者の敵となる男でしかない。

――諦めよう。

自分も婚約者を見つけて次に進もう。

そう思ってスキル判定儀式の見届けにも参加したが、結局誰にも婚約を申し込めなかった。

もし、申し込んだら、ふたりでオパール色の蝶を探し出した思い出を、レティシアと出会って得た幸福感に舞い上がり、己を変えようと誓った自分を裏切るような気がした。

あのときの感動が、情動が今の自分を形作ったというのに、それを否定できない。

王にも早く婚約者を見つけなければ、王位にはつけないと叱咤《しった》を受けたが、それでもいいと思えた。

レティシアが未来視を使ってステファンを支えてくれるのであれば、彼も善き王になれるだろう。

自分はそれをさらに支えるだけのこと。

この一生を、国ではなく、国を支えるレティシアに密やかに捧《ささ》げたいと、恋に殉死する覚悟でさえいた。

だから、離宮に移り住み、そこでいまだに燻っていたステファンへの嫉妬や憎しみに似た感情を捨て去り、忠誠心を今から育もうとしていた。

ところが、ある日、レティシアがスキルを失ったという報《しら》せが耳に入る。

王がヴァージルたちに向かって話している様子を目にしながら、ドクリと心臓が歓喜に震えた音を奏でたのを覚えている。

もし、このままレティシアのスキル喪失が確定すれば、彼女は王の伴侶として求められる素質を欠くことになる。

すなわち、ステファンの王位継承権のはく奪を意味した。

『レティシアが今回のことを気に病み、もしもスキルが戻らない場合は婚約を解消した方がいいと言っております。説得しましたが私に迷惑をかけたくないと言い張るばかりで。苦しいですが、私も彼女の意志を尊重したいと思っております』

ステファンは王にそう申し出て、王もレティシアがそう申し出ているのであれば拒否する理由もないと了承した形だ。

今ではこれもステファンが都合のいいように話をでっちあげたのだと分かったが。

だが、当時、ヴァージルはそれを複雑な思いで聞いていた。

いじらしいレティシアのことだ、きっと悩んだ末に出した答えなのだろうと。

あんなにいい仲だったふたりが、スキルひとつであっけなく終わってしまうことに理不尽さを感じてしまう。

きっと、今頃レティシアはスキルを失う恐怖に苦しんでいるだろう。

婚約破棄になったら、愛する人をも失って打ちひしがれるだろう。

自分なら、スキルも関係なくレティシアを手放したりしないのにと。

レティシアに幸せになってほしい。

彼女の思い描いた未来を掴んでほしい。

――でも、機会を得られるのであれば、自分が彼女を幸せにして未来を一緒に描いていきたい。

レティシアへの欲と愛の狭間《はざま》で揺れ動いていた。

正直、レティシアがスキルを取り戻す猶予を与えられていた三ヶ月間は、何をしていたかあまり覚えていない。

ひたすらに煩悩を振り払うように身体を鍛え、公務に励んでいた。

レティシアの成功も不幸も願いたくない。

このまま取り戻さなければいいのにと願ってしまう自分の薄汚さが許せなくて、愚かな自分の幻影を剣で薙《な》ぎ払《はら》う日々。

もうにっちもさっちもいかなくて、レティシアが何を考えているのか聞いてみたくて神殿を訪れたことがある。

彼女の口から聞ければ、自分はそれを全力で応援しようと心に決めて。

だが、門前払いを食らってしまい、会うことは叶わなかった。

次の日も、また次の日も会わせてくれとお願いをしたが無理だった。

もどかしさが常に付きまとう。

捨て去った希望をひとつずつ拾い集めては、こんなことはいけないと投げ捨てて、でも未練がましく見つめ続けている。

どちらにせよ、レティシアがステファンの婚約者でなくなったそのときは、必ず動く。

彼女が負ったであろう傷を癒やし、癒えたら愛を乞い、応えてもらえたら結婚する。

何をどう迷ってもそれだけは揺るぎないものとして、ヴァージルの中で持ち続けた想いだった。

『よかったな、ヴァージル。お前にあの女をやるよ』

レティシアのスキルテストの日、ヴァージルは城に出向き、結果を待っていた。

するると、ステファンがやってきて、そう吐き捨てたのだ。

レティシアのスキル喪失は確定したのかと聞くと、ステファンは「そうだ」と答えた。

『スキルが取り柄だけの女だ、それがなければ用済みだ。さぞお前とお似合いだろうよ』

鼻で笑うステファンを見て、ヴァージルは目を見開いた。

怒りに任せるにしてもその言いぐさはないだろう。

仮にも八年間尽くしてくれたのだ、情や礼があってしかるべきだ。

それに、ヴァージルの前ではあれほどレティシアのことを自慢げに話していたではないか。

責めるようにステファンに言い募ると、彼は久しぶりに見せた下卑た顔でヴァージルを笑う。

『私がレティシアと仲良くしていると、お前悔しそうにしていただろう？　隠しているつもりだったかもしれないが、目に見えてお前の顔が歪んでいるのを見て愉快だったからなぁ。見せつけるためにやったんだよ。そうじゃなきゃあんな女……ンがっ！』

気が付けば、ステファンの顔を殴っていた。

子どものときと変わらない顔で笑う彼の頬に、怒りのままに拳をめり込ませていたのだ。

こんな貧弱な相手に手加減できなかったのは未熟さゆえだが、ヴァージルをやり込めるためにレティシアを利用したことは許しがたい。

床の上でのたうち回るステファンを、虫けらを見るような目で見下ろし、一瞥《いちべつ》をくれたあとに走り出した。

（……俺は、馬鹿だ）

ずっとステファンはレティシアの優しさに触れて、変わったのだと思っていた。

相変わらずヴァージルの前では横柄だがレティシアだけは特別で、彼女を大事にし、慈しんでいるのだと。

意地の悪い性格もなりを潜め、大人になったステファンはレティシアを幸せにしてくれるだろうと。

だが、それはすべて見せかけで、ヴァージルを悔しがらせるために芝居を打っていたなんて。

それをレティシアが知ったら、悲しむどころの話ではなくなる。

今頃絶望の淵《ふち》に立たされているのではないだろうか。

もう自分の気持ちはどうでもよかった。

ただただ、傷ついたレティシアを救いたい。

優しく、懸命に八年間をステファンに捧げ続けた彼女を労わって、次の幸せを見つける手助けをしてあげよう。

ヴァージルの愛は秘めたまま。

そう思って、レティシアのあとを馬で追ったはずだった。

「……どうしてこんなことに」

ところが現在、レティシアの幸せを優先させようと秘めたはずの恋心は揺れに揺れ動いている。

スキルを取り戻した彼女曰《いわ》く、自分は近い未来、死んでしまうらしい。

レティシアはそんなヴァージルを救おうと必死だ。

恩義を感じて純潔すらも捧げてくれようとしている。

正直、王都を軽く十周できてしまうくらいに嬉しい。

ヴァージルのことを思ってそこまでしてくれる優しさや、必死になって救おうと考えてくれる姿、笑って泣いて、喜んでくれて、幸せだと言ってくれる彼女が愛《いと》おしくて仕方がない。

だが、あくまで彼女がヴァージルに抱くのは恩義であって愛情ではないだろう。

そう簡単にステファンのことを忘れられないだろうし、受けた傷は癒えていないはず。

もしかすると、何もかも失って自棄《やけ》になっているのかも。

そんな彼女を自分の命を救うために抱いてしまっていいのか。

否、いいはずがない。

大事にしてあげなくては。

レティシア自身がそうしていなくても、せめてヴァージルだけはレティシアをぞんざいに扱いたくない。

だから、利用するように抱くことはできないと彼女に伝えた。

抱くならせめてヴァージルを好きになってから、……いや、ステファンを忘れられたらだろう。

キスだけでも危うく理性がちぎれて、欲のままにレティシアを貪り食うところだったのだ、情を交わすとなったら、暴走する自信がある。

どうしてこの理性は筋肉のように硬くなってくれないのか。

あまりにもレティシアに対して脆《もろ》くはないか。

それだけ彼女が抗いがたい魅力を持っているからだろうが、それにしてもしっかりしてくれとつい嘆いてしまう。

どちらにせよ、あのまま抱くことを承諾できなかった。

勢いだけで出せる答えは持ち合わせていなかったし、何よりレティシアに対して誠実でいたい。

何故断るに至ったのかの説明をしてきて部屋を出たが、あれでは彼女を悩ませるだけだろう。

もう一度話し合わなければ。

互いに冷静になった状態で話せばまた違った結果になるかもしれない。

一晩明ければ、レティシアは早まったことを言ったと考え直す可能性だってある。もちろんそれは悲しいが。

だが、本心で選んだ道をレティシアには進んでもらいたい。

（……ある意味これも俺のエゴかもしれない）

でも、どうにかこうにか、これ以上レティシアが傷つかない道を模索したいのだ。

レティシアをこの世の誰よりも愛しているから。

あの優しくて繊細で、でも強《したた》かで美しい。

そんな彼女のすべてを守れるのであれば、この身を投げ出してもいい。

レティシアへの献身が、ヴァージルの愛なのだから。

◇◇◇

(……いない)

夜明けごろ、目を覚ましたレティシアは窓の外を覗き込んだ。

いつもならヴァージルが鍛錬のために庭に出て剣を振るっている時間なのだが、その気配がない。

毎日欠かさずに朝練習をしていると言っていたのに、あの勤勉なヴァージルが休むなんて。

やはり昨日のことが原因だろうか。

——俺がダメだと言ったのは、俺がレティシア様のことが好きだからです。

ヴァージルはたしかにレティシアに向かってそう言っていた。

現実に起こったことだと分かっているが、いまだに信じられない。

(私が他人から好意を抱かれることがあるなんて……)

ありえないと思っていた。

ステファンはもちろんのこと、兄も、神官長もレティシアに優しくなかった。好意を持っていたとは言い難い。

両親は愛してくれていたが、それは自分の子どもだからだ。

だから、まったくの他人から好意を向けられる日が来るなんて、思いもしていなかった。

ずっと、自分は他人から疎まれる存在だと。

テスト以前からスキルがなくなったレティシアなど価値がないと言われ続けていたし、レティシア自身もそうだと思い込んでいる節はあった。

だから、スキル以外の特技をつくらなければ好意を寄せられないだろうし、そうでなくとも一生独り身でいるのだろうと考えていた。

昔、ヴァージルがレティシアによくしてくれたことがあったが、それだって友情の範疇《はんちゅう》から出ないものだとばかり思っていた。

まさか、愛情を持ってくれているなんて信じられない。

戸惑ったけれど、素直に嬉しい。

好きと言ってもらえるだけでこんなにも胸が温かくなる。

今の自分にも、そう言ってもらえるだけの価値があるのだと思えるのだ。

だから、もう一度ヴァージルと話さなければと考えていた。

昔、オパール色の蝶を一緒に探したときだって、彼だけが子どものようだと馬鹿にしたりせずに側にいてくれた。

自分の兄が敵という共通点も結束力を強めたのかもしれない。

もちろん、彼と自分では背負うものはまるで違っていたが。

レティシアの唯一楽しかった思い出。

神殿に入ってからというもの、自分を殺して生きてきたので、その楽しい思い出も忘れ去っていたが、ヴァージルに再会してじわじわと蘇《よみがえ》ってきている。

でも、思い返してもその頃は恋愛感情なんてなかった。

友達だとしか思っておらず、少々複雑な関係になってしまった旧友といった感じだ。

今だって大切な人、死んでほしくない人ではあるが、恋愛という意味ではまだよく分からない。

もし、ヴァージルに好意の有無を聞かれたら、何と答えるべきなのだろうと悩んでしまうだろう。

おそらく昔の思い出も相まっていい方向へと向かっているとは思うが、まだまだ未成熟なものだ。

はっきりと言えない部分もある。

でも、この気持ちが育っていくのを待っていたら、間に合わないかもしれない。

自分の命より、レティシアが大事だと言ってくれたが、レティシアだってヴァージルが大事だ。

救う手立てが純潔を捧げることしかないのであれば、それも辞さない覚悟だってある。

彼は、レティシアが人間であることを思い出させてくれる。

優しい言葉でレティシアの心を解きほぐしてくれて、側にいると手を差し伸べてくれた。

(私は、ヴァージル様のおかげで人として息をすることを思い出せた)

命を救いたいから力になりたいと申し出るだけの話ではないと、彼は捉えていた。

もっと単純に、明快に考えてくれてもいいと思う。

でも、そうできないのがヴァージルという人であり、レティシアを大切に思ってくれている証拠なのだろう。

（それに、どうやらとんでもない勘違いをしているようだし）

まずはその誤解を早く解いておくべきだ。

ちらちらと窓の外を気にしながらも、レティシアは朝の身支度を終えて朝食に向かおうとした。

すると、使用人の女性が近づいてきた。

「実はずっとヴァージル様が廊下でレティシア様のことを待っておりまして。気を遣わせるから言うなと言われたのですが、どうやら夜明けごろから待っていたようです」

もしかして、訓練に現れなかったのは廊下でレティシアを待っていたからなのか。

急いで部屋の扉を開け廊下にかけ出ると、彼は少し離れたところの壁に凭《もた》れ掛かっていた。

「レティシア様」

パッと一瞬顔が明るくなったヴァージルは、ゆっくりとした足取りでこちらに向かってくる。

「ずっとそこで待っていたと聞きました」

「はい。起きたらすぐに貴女と話をしたくて、たまらずやってきました。ですが、起きたばかりの頃に尋ねられても迷惑だと思いなおし、ここで待つことに。タイミングを逃したくなくて」

「私はずっと窓の外を見下ろしながら、ヴァージル様が訓練のためにやってくるのを待っておりまし

く考えごとをしたいときに行きます」


た。……私たち、すれ違っていたようですね」

「そのようです」

まるで、今のふたりの気持ちのように噛《か》み合わずに行き違いを起こしていた。

だから、まずはそれを正すことから始めなければ。

「朝の散歩に出かけませんか？　近くの林は、結構楽しいですよ。静かで、邪魔が入らない。俺もよく考えごとをしたいときに行きます」

「では、そこでふたりで考えごとをしましょうか」

ふたりで部屋に籠もって膝を突き合わせて話をするのではなく、開放的な場所に赴き話をする。その方が緊張も紛れるだろうし、話もしやすい。

レティシアはヴァージルの配慮をありがたいと思いながら、彼と一緒に屋敷の外に出た。

梢《こずえ》から朝陽が射《さ》す中、林の中をふたりで歩く。

お互いに同じ方向を見て歩いているために、隣にいるヴァージルの顔がよく見えない。

けれども、顔が見えないからこそ言いにくいことも言えそうな気がした。

（オパール色の蝶を探していたときのことを思い出すわ）

懐かしい光景に、レティシアは目を細めた。

「もう一度、冷静な頭でレティシア様と話をしたいと思っておりました。本当に冷静かと聞かれると自信は正直ありません。昨日貴女に愛していると伝えたばかりだ。まだ高揚している部分もあるかも。

でも、こういうことは早く話した方がいいと思います」

「同感です。私も、早めにもう一度お話がしたいと思っておりましたので、ヴァージル様が訪ねてくださって嬉しかったです」

まさかこんな朝早くにとは思っていなかったが、来ていると聞いたときは舞い上がった。

「話をする前に、ひとつだけ私からお伝えすることがあるのですが、よろしいですか？」

「はい、何でしょう」

「どうやら勘違いされているようなので、はっきりと訂正しておきますが、私、ステファン様のことはまったく好きではありませんでした。忘れられないどころか忘れたい存在です」

「…………え？」

ピシっとヴァージルの顔が固まって、その場で動かなくなった。

先に進んでしまいそうになったレティシアも足を止めて、彼の視界に入るところに立つ。

「何故そんな勘違いをされていたのかは分かりませんが、もう一度言います。まったく、これっぽっちも、未練もなければ情もないくらいに、ステファン様のことは好きではありませんでした」

ここまで言えば伝わっただろう。誤解も解けたはずだとレティシアはヴァージルの返事を待った。

すると、ヴァージルはようやくぎこちなく動き出す。

「……え、でも、以前、俺に、『ステファン様の妻として嫁げるその日を心待ちにしております』とおっしゃっていたじゃないですか……笑顔で、幸せそうに……」

「あぁ、なるほど！　あのときのことが誤解を与えていたわけですね」

ようやく原因が分かり、レティシアは思わず手を打つ。

たしかにあの状況ならそう勘違いしても仕方がない。

「好きではありません、あんな表裏の激しい方は。ですが、彼の表の顔に合わせないといろいろと言われてしまうので、我慢して合わせていました。いつの間にかその演技が板につき……」

そこまでヴァージルを誤解させるものになったのだと弁明する。

すると、彼は力が抜けたようにその場にしゃがみこんだ。

「……ということは、あいつは貴女にも裏の顔を見せていたということですか？　俺はてっきり、ちゃんと大事にされているものだと……」

「残念ながらステファン様は私とふたりきりになると、かなりの暴君でした」

「……俺は、長年とんだ勘違いを」

レティシアも当時は自分の心を守ることに必死になってあんなことをしたが、それがヴァージルをここまで苦しめていたとは。

同じくしゃがみこんで、うなだれるヴァージルの腕に手を置いた。

「申し訳ございません、ヴァージル様。あのときはそうやって生きるのが一番でした。それに、ステファン様は演技がとてもお上手で」

「筋金入りですからね、あいつは」

「ですが、あんなことを強要されるたびに、ステファン様に不幸が起きないかなと心の中で願っておりました」

これは誰にも言えない秘密だ。

心を蝕《むしば》まれながら、それでも正気でいられたのは自分の中でそうやって逃げ場をつくっていたからだ。想像しては心を慰めていた。

ヴァージルはようやく顔を上げ、眉尻を下げる。

「小石が頭の上に降ってくるとかですか？」

「いいえ、私も大人になり願いごとも欲張りになってしまいましたので、小石ではなく大きな石をと」

「なら、安心してください。俺がこの間あいつを殴っておきました」

「ヴァージル様がですか⁉」

温厚なヴァージルを怒らせるとは、いったいステファンは何をしたのだろう。

あんなヒョロヒョロな身体では、ヴァージルの逞しい腕から繰り出された拳は受け止め切れなかっただろう。

レティシアが望んでいたよりもかなり大きな不幸だが、話を聞いて胸がすく思いだ。

いつもすかしたステファンの情けない姿を想像して、クスリと笑ってしまった。

「どうして殴ろうと思ったのです？」

「……貴女がスキル喪失を認められたあと、あいつは俺のところに来て言ったんです。『お前にくれてやる』と」

「ステファン様なら言いそうです」

「それで、あれほど仲が良かったのは何なんだと問いただしたら、俺を悔しがらせるためだけにやったと言われて……つい」

人前だけで仲がいいふりをするのは見栄からだと思っていたが、なるほどそういう意味も含まれていたのかと合点がいく。

「白状すれば、貴女のスキルがなくなればいいと思う気持ちもありました。俺にもチャンスが巡ってくると。ですが、ステファンの話を聞いて、傷ついたであろう貴女の心を守りたいと思ったのです」

自分の恋心よりも、レティシアの幸せを優先したいからと。

「世界が貴女に優しくないのなら、俺が優しくしたい。傷ついて自棄になっているのであれば、止めてあげるべきだと。あとで貴女が俺に抱かれたことを後悔したら、幸せを阻むことになる」

そんなことは耐えられない。

そう言いながらも、彼は次の瞬間、自嘲の笑みを浮かべた。

「でも、八年間嫉妬し続けたことも、貴女のスキルがなくなればいいと願った薄汚い心も、すべてそう願うことで清算されると思っていたのかもしれません」

「……ヴァージル様」

「――口では綺麗ごとを言っていても、貴女が欲しくて堪らない」

搾り出た願いは、ヴァージルがずっと秘めていた本心だった。

欲するように縋る目も、強請《ねだ》る声も、重ねられた手から伝わる熱いくらいの情熱もすべてを解放して、ただただレティシアを求めていた。

そんなヴァージルのすべてに、レティシアの心は揺れ動く。

ドクドク、ドクドクと心臓の音だけではなく、自分の中の何かが高まっていくような気がした。

「貴女が手に入るのであれば、この命などステファンにくれてやる。でも、命がなければ貴女に愛を乞うこともできない」

すべては命あってのこと。

未来だってそうだ。

「昨日はああ言いましたが、やはり俺は生きてレティシア様の愛を得られる機会に縋りたい。貴女がステファンを愛していないと知った今、もうそれしか考えられない」

ヴァージルは、レティシアを腕の中に閉じ込めて、強く強く抱き締めてきた。

もう離したくないと訴えるように。

「私はヴァージル様に生きていてほしい。今、私が願うのはそれだけです。貴方の気持ちへの答えはまだ出せません。でも、それでもヴァージル様を救えたことを後悔する日は永久に来ないでしょう」

神殿にいるときは、自分を偽って生きてきた。

偽物の笑みを浮かべ、嘘を口から吐き出す。

でも、ヴァージルにはそんなことはしない。

ありのままのレティシアで向き合って、ありのままの言葉を伝えてきた。

だから、今伝えている言葉もなにひとつ偽りない真実。

「命を救ってもらう代わりに、俺はレティシア様の人生ごと引き受けて幸せにしたい。もし、俺が貴女の世界を彩る一部になれるのであれば、全力で貴女を色鮮やかに染めたい」

灰色だった世界から手を引いて飛び出させてくれたレティシアのように。

オパール色の蝶を一緒に見て、これでもっとふたりで幸せになれるねと笑い合いたい。

そんなことを言われて、じわりと涙が溢れてくる。

「俺は貴女の愛があれば、無敵だ」

背中に回していた腕を緩め、レティシアと向き合った。

「最後に確認させてください。……本当に、ステファンのことは好きではないのですね？」

「はい、もちろんです」

「今回、俺を救おうとしているのは、自棄になっていたり、俺に恩義があるからと義務感からではありませんか？　本当に、レティシア様が望むものでしょうか？」

「そうですよ、ヴァージル様。私が、貴方を救いたいからです」

「……分かりました」

ようやく納得がいったヴァージルは、目を閉じてふぅーと深く息を吐く。

そして、再び漆黒の瞳を見せてくれたときには、そこには決意の焔《ほのお》が宿っていた。

「レティシア様のお気持ちに甘えさせてください。そして絶対に生き抜いてみせます」

「もちろんです」

ヴァージルが手の甲にキスをしてレティシアに誓う。

絶対に違《たが》えないと、屈強な意志を持って。

「愛しております、レティシア様。きっと貴女が俺の望みとは違う答えを出したとしても、生涯貴女だけを愛し続けるでしょう。諦めが悪いのはこの八年で織り込み済み。毎日貴女の愛を乞い続けます」

八年前言えなかった言葉を、何度も何度も。

噤《つぐ》んでしまった言葉の数だけ、いやそれ以上に。

これからの未来を歩むことをもう諦めはしない。

しばらくふたりで林を散歩し、離れていた間の話や、オパール色の蝶の話をした。

そして、屋敷に戻り、朝食ができたと呼びに来た使用人の言葉にふたりは顔を見合わせる。

「……今夜、部屋に行ってもよろしいですか？」

頬をほんのりと赤く染めたヴァージルに問われ、同じく頬を染めながらレティシアは頷く。

離れる際、レティシアの左の小指に己の左指を一瞬絡ませて離れていった。

そのしぐさが今から夜を思わせた。

（……今夜、私、ヴァージル様と）

改めて意識すると、身体中《からだじゅう》が火照る感覚に侵される。

その感覚は夜になっても続いた。


（そういえば、城でオパール色の蝶を見たとき、私、何を願ったのかしら……）

ヴァージルを待っている間、いろんなことを考えてしまう。

彼と一緒に蝶を探したときのこと、スキル判定儀式のときのこと、ステファンの隣にいて理想の婚約者であろうとしていたときのこと、スキルテストのこと。

まるで自分の人生を走馬灯のように思い起こしては振り返る。

でも、ずっと願っていたオパール色の蝶を見たとき、何を願っていたのかを思い出せない。

何も願っていなかったかもしれないし、スキルテストに失敗することを願っていたのかも。

過去を振り返ってもそれだけが思い出せずに悶々《もんもん》としていると、部屋の扉がノックされる。

「レティシア様、俺です」

「は、はい！」

急いで扉に駆け寄って、ドアノブを回した。

扉の陰からひょっこりと顔を覗《のぞ》かせると、こちらを照れ臭そうに見下ろすヴァージルが見えた。

「こんばんは、ヴァージル様」

「こんばんは、レティシア様。……部屋に入っても、よろしいですか？」

最終確認でもするかのように聞いてくるので、レティシアははっきりと頷いた。

さらに意志を表示するように扉を大きく開け放ち、中に招き入れる。

シャツ一枚のいつもより薄着のヴァージルは、夜だからかそれともこれからそういうことをするからか、色っぽく見えた。

開いた胸元から見える筋肉が、首筋が、色香を纏っているように見えてドキドキしてしまう。

「……べ、ベッドでいいですか？」

「……はい」

レティシアが頷くと、ヴァージルはこちらに手を伸ばしてきた。

こちらも手を差し出して重ねると、ぎゅっと握り締められてベッドへと導かれる。

「こういうことは俺も初めてでして」

「……そうなのですね」

「不慣れな部分も多いと思いますが」

「いえ、こちらも同じですので……お互い初心者同士ということで」

ベッドに座り、こちらを見下ろすヴァージルを見上げた。

これではっきりとした未来を知ることができるという期待と、情事への一抹の不安。

レティシアの瞳は感情に左右されて揺れ動いているのに対し、ヴァージルの漆黒の瞳は揺るがない。

それがとても心強かった。

「絶対にこれだけは忘れないでください。俺の未来を知るために貴女を抱きますが、俺の中にあるのはレティシア様への愛しかない。俺の愛を注ぐ行為なのだと、分かってください」

頬にキスをされる。

「分かっています。ヴァージル様の愛を疑うことは決してありません」

心は揺れ動いてもそれだけは揺るぎない。

こくりと頷くと、ヴァージルの顔がゆっくりと近づいてきた。

「キスをしても？」

またこくりと頷く。

ヴァージルの唇が触れて、レティシアは前回スキルを使ったときのことをふいに思い出した。

あのとき見たのは、これからすることの一端。

ということは、共鳴したときに感じた快楽を今度はじかに味わうことになるのかと、思い出して背中がゾクゾクとした。

「……ンぅ……ふぅ……ぁン……」

口の中に肉厚の舌が入ってくる。

快楽を引き出すように動き回るそれは、口内を擦りあげては舌を吸い、上顎をくすぐってきた。

耳の後ろに手を差し入れ、さらに深く繋がってくる。同時に耳朶《じだ》を指でくにくにと弄《いじ》ってきて、また知らない快楽を教え込まれているような感覚がした。

ヴァージルが舌や指を動かすたびに、腰に甘い疼《うず》きが流れ落ちてレティシアは小さく震えてしまう。声が漏れ出て恥ずかしいが、「大丈夫ですよ」とヴァージルが耳もとで囁いてくれるから、安心して身を任せることにした。

キスの次は服を脱ぐ。

そこまでは分かるのだが、先は分からない。

もうスキルで見た未来のようなことをするのだろうか。

だとしたら、どうしよう。もう少しゆっくりと進んでほしい。

そんなことを言ってしまってもいいのか。レティシアは任せるにしても自分の意見を言ってもいいのかと迷った。

でも、好きに生きてもいいと言ってくれたヴァージルのことだ。

きっとレティシアの話を聞いてくれる。

「……ヴァージル、さま……ンぁ……ゆっくり……進めて……くださいますか……？　……っ……これから何をするのか……ぁ……よく、分からなくて……」

キスの合間に言葉を紡ぐと、ヴァージルは優しく微笑んだ。

「もちろん、ゆっくり進めます。貴女がたっぷりと俺の愛を感じ取れるように。あますことなくレティシア様のすべてをじっくりと可愛がって差し上げます」

たとえば、こんな感じに。

そう囁くと、ヴァージルは首筋に唇を這《は》わせた。

ゾクゾクと背中が震え、口の中を弄られる感覚とはまた違ったものに、レティシアは翻弄される。

ちゅ、ちゅ、と肌を啄《ついば》みながら、ゆっくりと押し倒され、ベッドに沈んだ。

ワンピース型の寝間着をめくられて、服の中に手も入ってくる。

腰に脇腹、胸の横を通って背中を回りうなじへ。

手が上っていくのに対して、唇は下っていく。

本当に彼の言う通り、全身あますことなく可愛がられてしまうのだと覚悟した。

だって、ただ手で触られているだけなのに、口でキスを落とされているだけなのに、肌の下に次から次へと疼きが生まれていく。

それが大きくなって快楽になっていくのだと、共鳴したときに強烈な快楽を味わったレティシアは知っていた。

こうやってじわじわと気持ちよくされていく。

恥ずかしいような、でも嬉しいようなどちらともつかない感情が溢れては、レティシアの中に芽吹いたばかりのものに水を注いでいっているような気がした。

「胸、触ります」

ヴァージルに与えられる感覚に悶え目を閉じていたため、寝間着を脱がされていることにも気付かなかった。

そう声をかけられて初めて自分が下着一枚だと知り、顔を真っ赤にする。

「……私の身体……貧相で……恥ずかしい……」

実は密かなコンプレックスだった。

神殿では菜食中心の生活で、量もそこまで多くなかったためにレティシアの身体は同じ年頃の女性に比べて肉付きが悪い。

胸のふくらみもあまりなく、あばらも浮いていた。

だから、触って何も楽しくないだろうし、ヴァージルにがっかりされるかもしれないと思うとあまり見てほしくない。

「恥ずかしいことなどありません。貴女は綺麗だ。俺に組み敷かれ、すべてを晒《さら》している貴女をこうやって見下ろしているだけで、自分の欲が昂《たかぶ》ってくるのが分かる。……抑えるのに必死だ」

乳房を掴み、ゆっくりと揉《も》んでくる。

こんな貧相な身体でも綺麗と言ってくれる、それでも昂ってくれることに安堵した。

「貴女は貴女のままで魅力的なのだから、恥じるようなことは言わないでください。それとも、二度とそんなことを言えないように、俺がどれほど魅力的か教えて差し上げましょうか?」

指先が胸の頂に触れ、乳暈の形をなぞるように弧を描く。

ソワソワとじれったさを感じるその動きに、レティシアは熱い息を吐いた。

「真っ白な透き通る肌が、俺の手に吸い付くようです。触っていて心地いい。許されるなら、ずっと触っていたい」

もう片方の手は、手触りを楽しむように薄い腹を撫《な》でてきた。

「ここも桃色で可愛らしい」

「ンぁっ」

乳首を指の腹で擦られ、思わず声を上げてしまう。

「感じるとそうやって涙目でこちらを見つめる顔は可愛らしいし、頬を上気させて声を我慢しようとする姿もいじらしくて色っぽい」

俺としてはもっと声を出してほしいんですけどね。

そんな意地の悪いことを言いながら、甘い声を引き出すためかさらにくりくりと乳首を虐めてきた。

擦られ、押し潰され、摘ままれては指で弾かれる。

「レティシア様のどこを見ても、魅力しか感じない。俺を惹《ひ》きつけてやまないのですから、貴女は本当に罪作りな方だ」

「……あっ……ンぁ……はぁっあぁ……ひっ……んんっ」

そのたびに反応を見せるレティシアの顔を、ヴァージルは愛おしそうに見つめていた。

「気持ちいいですか?」

「……あの……っ……あぅ」

「素直になってください、レティシア様。今感じていることを俺に教えて。もう、本心を笑顔の下に隠さなくてもいいのですから」

ヴァージルの「素直に」という言葉はまるで魔法のようだ。

彼にそう言われると、心が解《ほぐ》れて、心のままに言葉を口にしてもいいのだと安心してしまう。

「……きもち、いい……と、思います……ひぅっ……下腹部がなんか変で……あぁ……ヴァージル様に触れられるたびに……切なくなって……あぁンっ！」

素直な気持ちを話している最中だというのに、ヴァージルは胸の頂を口の中に含んで舌を這わせてきた。

「嬉しいです、レティシア様。俺、もっと気持ちよくなってもらえるように頑張ります」

「……今でも十分……ひぁっ！　……あぁ……そんな強くすっちゃ……いやぁ……」

じゅるじゅると音を立てて吸われ、舌でも愛《め》でられる。

指とは違う感覚に襲われて、これ以上の快楽は許容範囲を超えていると言おうとしたが、喘ぎ声に邪魔されてしまう。

もう片方の胸も同じように可愛がられたレティシアは、徐々に下腹部の変な感じが大きくなっていくのを感じた。

もう絶頂が来てしまうのではないか。

まだそこまでの受け入れ準備ができていないレティシアは、ヴァージルの髪の毛に触れた。

「……ヴァージル、様……このままでは……わたし、おかしくなってしまいそう……」

「おかしくなってもいいです。そのくらい感じてくれているということでしょう?」

「……でも、私……こんなに感じていていいの……?　こういうことは、ヴァージル様も気持ちよくならなくては意味がないと思うのですが……?」

情事は愛の交歓だ。

一方的に気持ちよくなるだけではいけないのではないだろうか。

性的な知識はないが、夫婦がする営みなのだ。男女が協力してしかるべきというのはレティシアにも分かった。

「俺は感じているレティシア様を見ているだけで気持ちよくなっています。でも、貴女の身体をここまで愛でるのは理由があるからです」

レティシアが首を傾げると、ヴァージルはお腹の子宮の上あたりを手のひらで触れてきた。

「レティシア様の身体を解さないことには、俺のものは貴女の中に挿入《はい》るのは無理だと思います。こんな薄い腹に準備なく挿入《い》れたら大変なことになる」

「大変なこととは?」

「身体が裂けてしまうかも」

「え!?」

レティシアはサッと青褪《あおざ》めた。

情事というのはそんなにも危険を伴うものだったのかと、度肝を抜かれてしまう。

それは丹念に準備しなければ大変なことになりそうだ。

「無垢《むく》な身体を抉じ開けるのですから、無理矢理《むりやり》開けば出血します。俺は貴女にそんな無体をしたくない」

「では、ヴァージル様は、私の身体の負担を考えてここまでしてくださっていたのですね」

「もちろん、貴女の乱れる姿をもっと見たいという気持ちもありますが。でも、痛い思いをしてほしくありません。それに……」

頬を指で掻《か》きながら口にしにくそうにするヴァージルは、自分の下半身に視線を落とした。

「どうやら、俺のものは一般的な男性のものよりも大きいらしく……兵士仲間に、女性の身体をかなり解さないと大変になると言われてきていたので……」

「……大きい」

つまり、レティシアの小さな穴に、さらに規格外のものを挿入するとなると人一倍の準備が必要になると言うのだ。

「俺の性の知識は皆兵士のみんなが教えてくれたものばかりですが、まぁ、それに関しては見る限り間違いないかと。抱き締めるだけで壊してしまいそうなほど、レティシア様の身体は小さいですから」

「な、なるほど……」

それは確かに裂けてしまうかもしれないと、納得する。

「では、私はどうすれば身体が解《ほぐ》れるのでしょうか？」

「このまま俺に身を委ねてください。でも、嫌なときは嫌とはっきりと言って。決してレティシア様が嫌がるようなことはしないし、したくない」

どんなに怖くてもヴァージルを信じる。

レティシアはコクリと頷いた。

「……あの、ヴァージル様……実は、私、この間スキルを使ったときに……」

これを言うか言うまいかと悩んだが、ヴァージルがあそこまで言ってくれたのだ。

こちらも告げておかないと対等ではないだろう。

「実は、未来の自分と感覚を共有しまして。……そ、それで……その、絶頂の、感覚も味わったと申しますか……どんなものかは分かるのです」

ヴァージルが目を見開いて驚いているのが分かった。

こんなことを暴露するのは恥ずかしいが、何故こんなにも怖がっているのかを知っていてほしい。

「ですので、行きつく先はなんとなく分かるのですが……何をどうしてあんなことが起きたのか分からず、いつああなるのかも分からず、身構えてしまうと申しますか……」

突然目に飛び込んできたのが抱かれている光景だったので、冷静に分析することは難しかった。

ふたりの言葉と、そしてヴァージルに腰をぶつけられ、下腹部からせり上がってくる快楽しか分からず、実際何をされていたか把握できていない。

ところが、ヴァージルはその話を聞いて眉根を寄せた。

複雑そうな顔をする彼に戸惑う。

「ヴァージル様？」

「……貴女、俺より先に未来の俺にイかされたんですか？」

「……そう……なりますかしら……？　でも、どちらもヴァージル様でしょう？」

そこに違いはないのでは？　と言うと、彼はカッと目を開けた。

「たしかに俺自身ですが、それでも他の俺に貴女の初めてを奪われた気がして……凄く嫉妬してしまいます」

「そんなことは……あっ」

秘裂に何かが触れる感覚がして、びくりと肩を震わせる。

視線を下ろすと、ヴァージルが脚の間に手を差し入れていた。

「『今の』俺がたくさん気持ちよくして差し上げますから。『未来の』俺なんかよりもたくさん。だから、たっぷりとイってくださいね、レティシア様」

（未来の自分にも嫉妬してしまうなんて……実はヴァージル様って、嫉妬深い？）

ステファンとの婚約中、そんな姿をおくびにも出さなかったのにと、目をギラギラと鋭く光らせているヴァージルにドキドキしてしまう。

温厚な彼が見せる獣じみた顔は、レティシアをさらに高揚させた。

彼の節くれだった指の腹が、秘裂を上下に移動してゆっくりと馴染《なじ》ませていく。

胸への愛撫ですでに蜜が滲み出ていたレティシアのそこは、少し押しただけで簡単に指を中に招き入れた。

指に絡みつく蜜はすべりをよくし、動きをスムーズにさせる。

聞こえてくる水音も卑猥《ひわい》で、聞いているだけで耳も攻められているような感覚に陥った。

「ここも弄られると気持ちよくなれるのだとか。触ってみてもいいですか？」

ここ、と触られたのは秘裂の上の部分にある陰核だ。

「……わ、分からな……」

「では、まずは触ってみましょう」

直接どうなのか感じてみればいいと、指先で陰核を擦ってくる。

すると、びくりと腰が浮いてしまいそうなほどの快楽が流れてきた。

「気持ちよさそうですね。ここも弄ってあげたら、貴女をたくさん気持ちよくさせられそうだ」

まるで弱点を見つけたかのようにヴァージルはそこばかりを虐めてくる。

刺激を得て徐々に赤く熟れてきた陰核は、もっと触ってほしいと言わんばかりに膨らんできた。

同時に蜜もだらだらと零《こぼ》れてくる。

蜜口をゆっくりと揉みこむように動いていた指が、レティシアが気持ちよさに声を上げたのと同時に奥に挿入りこんできた。

「……あ……あぁ……なか、に……」

「上手に俺の指を咥《くわ》え込めていますよ。痛くはありませんか？」

コクコクと頷くと、隘路《あいろ》を広げるために指をぐるりと動かしてきた。

痛くはない。だが、違和感がレティシアを苛《さいな》む。

自分の中で何かが動いている違和感に怯《おび》えながらも、同時に陰核を弄られる快楽が流れ込んでくるので、どちらにどう意識を向ければいいのか分からなくなった。

しかも、気持ちよくなるたびに中がきゅっと狭くなって、ヴァージルの指を締め付けてしまう。

余計に指の存在を意識し、自分のはしたなさに恥ずかしくなった。

「最初は無理かもしれませんが、徐々に中でも気持ちよくなれるそうです。……でも、レティシア様は俺に抱かれてイっている未来を見たのですよね？　なら、少し頑張ればいけるのでは？」

「……ふぅ……あぁ……あっ……」

「ほら、どうです？　顔は蕩《とろ》けてきましたが」

陰核を弄られて、膣《ちつ》壁を擦られて。

ヴァージルの言う通り、本当に違和感の中に気持ちよさが滲み出てきた。

彼の指が動くたびにじゅぷじゅぷと蜜が溢れる音が大きくなり、同時にレティシアの嬌声《きょうせい》も大きくなる。

肌がピリピリとして敏感になっていくのが分かる。

シーツが擦れる感覚を鋭く感じ取ってしまい、自分がどれほど悶えているのかも思い知ってしまう。

「……ン……んぅ……あぁ……あっ……そこ、は……」

「ここが気持ちいいところですか？　嬉しいです、教えてくれて。もっともっと、貴女のことを知りたい」

ほら、教えて？　とヴァージルはそこを指の腹で押し上げるようにグリグリと擦ってきた。

腰が浮いてガクガクと震えてしまう。

中も外も同時に攻められたレティシアは、未来で共鳴したあの感覚に近いものを感じて息を呑んだ。

「……凄いです、レティシア様……中がうねって、俺の指を締め付けてくる。もしかして、イってしまいそうになっています？」

もうまともに言葉も紡げないレティシアは頷くことで絶頂が近いことを知らせる。

「……あぁ……可愛い……」

うっとりとした顔をしたヴァージルは、レティシアにキスをしてきた。

舌を絡ませて、唾液を混ぜ込みながらいやらしく翻弄する。

上も下もヴァージルに犯され、熱に浮かされて。

受け止め切れないほどの愛を注がれたレティシアは、突き上げられる衝動のままに高みに上っていく。

「……うぅ……ンぁ……あぁ……あぁっ！」

頭が真っ白になるほどの衝撃は、未来で感じたそれと同じもの。

ヴァージルにしがみつき、全身が震えるほどの絶頂を感じていた。

「イけましたね、レティシア様」

ご褒美のように頬にキスをしたヴァージルは、嬉しそうにする。

息を荒くするレティシアの顔を見つめると、次に腰を持ち上げて脚の間に顔を埋めてきた。

「……何を」

「『未来の』俺に植え付けられた絶頂を上書きして差し上げます。俺の舌でも感じてください」

ベロリと舌を出してこちらに見せつけると、ヴァージルはそれをレティシアの蜜壺に差し入れてくる。

胸でも味わった柔らかく細やかに動くそれが、今度は陰核を突《つ》つき、唇で吸い付いてきた。

指は継続して肉壁を擦ってさらに気持ちよくなれる箇所を探しているようだ。

「……ひぁ……そんな続けてなんて……あぅ……あぁっ」

一度達してしまっている身体はさらに敏感になっていて、どんな刺激でも快楽に変換してレティシアを苛んできた。

ヒクヒクと痙攣《けいれん》する媚肉に誘われるように、指は奥に奥にとさらに進んでいく。

本数も増やされ、動きも大胆になったそれは再度レティシアを高みに引き上げようとしている。

「……あぁ……また……ヴァージル様っ」

「どうぞ、俺に見せてください。俺にイかされる貴女の姿を」

じゅう……と強く肉芽を吸われながら指を小刻みに動かされ、容赦なく追い詰められたレティシアは、ヴァージルの願い通りに痴態を見せることになった。

二度も立て続けに達してしまい、余韻が身体からなかなか抜けていかない。

内腿《うちもも》が穢れてしまうほどに秘所から蜜が漏れ、指で開かれた蜜口も震えたままだ。

真っ白な肌が薄桃色に染まり、少しの刺激でも感じてしまうほどに敏感になっている。

あっという間にヴァージルに変えられてしまったこの身体。

すべてヴァージルを受け入れるためなのだと思うと、まるで自分が彼の色に染まっていっているような気がした。

「ンっ」

「そろそろ解《ほぐ》れてきたようですね」

耳元で低い声で囁かれ、ぞくりとしたものが腰に下りてきた。

彼の声に、そしてその雰囲気にまた達してしまいそうになったのだ。

（……どうしよう……凄く、嬉しいかもしれない……）

ちらりとヴァージルの方を見ると、彼はベルトを外し、トラウザーズのボタンを外している。

中から取り出したのは、レティシアの腕ほどの太さの屹立《きつりつ》だ。

長くて、血管が浮き出ていて、凶悪なそれ。

あれが自分の中に挿入《はい》ってきて、ヴァージルを刻み込まれるのだと思うと、不安ではなくそれとは真逆のものが込み上げてきた。

「こんなことを聞くのは野暮《やぼ》かもしれませんが、抱かれている間にスキルを使うのですか？」

「それが具体的なタイミングは分からなくて。なので試しながら進めていきたいと思います」

（未来を知るためなのに……）

それなのに、レティシアはただただヴァージルにこうされることを望んでいる。

愛を注がれて、ぐずぐずに蕩けさせられて、どこまでも快楽に溺れてしまいたいと。

「分かりました。――では、はじめましょうか」

レティシアの脚の間に腰を入れてきたヴァージルは、ベッドに手を突いてこちらを見下ろす。

屹立の穂先で秘裂をなぞると、ゆっくりと腰を進めて割り開いてきた。

「……ふぅ……ン……っ」

大きく圧迫感のあるそれが、レティシアの中を穿《うが》ち、奥へ奥へと向かってやってくる。

肉壁をゴリゴリと擦り、蜜のぬめりを借りて深く繋がれる場所を目指していた。

「大丈夫ですか？」

小さな入り口にあんな大きなものを挿入したのだ、ヴァージルの言う通り痛みを感じている。

でも、今はそんなことはどうでもよくて、もっと奥に来てほしいと願った。

「……だいじょう……ぶ……このまま……お願い……」

「もう少しです」

ヴァージルがあやすようにキスをしてくれて、そちらに意識を集中させる。

優しいキスは、甘くて、温かくて。

屹立が最奥に辿り着いたとき、ヴァージルは額同士を合わせて、熱い息を吐いた。

「――レティシア様」

「……はい」

「俺、貴女とこうできて、とても幸せです」

「ヴァージル様……」

「絶対に叶わない想いだと諦めたときから、こんな幸せな一瞬が訪れることはないと覚悟しておりました。でも、どんな理由であれ、貴女を腕の中に抱くことができて、俺は世界一の幸せ者になりました」

きっとヴァージルの八年間は、レティシアが思っているより長いものだったのだろう。

他の男の隣に並ぶ愛する人を見て、何を思ったかなど想像もできない。

「いつも貴女の優しさに救われている」

馴染ませるためか、じっと動かずにいたはずの屹立がレティシアの中で一回り大きくなったのを感じた。

ヴァージルも眉根を寄せて、気持ちよくなっているかのよう。

興奮して息を荒くし、頬を紅潮させていた。

焦れて我慢できなくなったのか、ゆるゆると腰を動かし始める。

動きはほどなくして大胆になってきた。

「愛しております、レティシア様」

情熱と愛情をぶつけてくる彼は、レティシアの身体をぎゅっと抱き締めながら腰を打ち付けてきた。

「……たとえこれが未来を見るためだとしても、俺は……それでも貴女を……っ」

ぴっちりと隙間なく密着している屹立が膣壁を擦りあげては、子宮の最奥を犯していく。

痛みは快楽にとってかわられ、何度も叩《たた》き込められた絶頂の味を思い起こさせた。

ほら、もうすぐやってくるぞと。

膣壁がうねり、もっとと強請るように屹立に絡みつく。

レティシアはスキルを使おうと集中したが、激しく突き上げられてしまうとあっけなく霧散してしまうのだ。

「……ひぁっあぁっ！　……ま、って……そんな、気持ちよくされたら……スキル、上手く使えな……あぁっ！」

集中などできるはずがない。

こんなに絶え間なく気持ちよくされて、愛を感じさせられて、ヴァージル以外のことに集中しろという方が難しかった。

「……そんなことを言われたら、ますます止まれなくなるっ」

レティシアの言葉に煽《あお》られたヴァージルは、理性を失くし欲のままに揺さぶってきた。

肌がぶつかる音が響くほどに腰を打ち付け、レティシアを自分の精で満たそうと激しく攻める。

「……やぁっ！　まって……あっあぁ……ひぅ……うぁ……イ……ちゃう……イってしまうからぁっ！」

もう止められなかった。

スキルがどうだとか、未来がどうだとか、本来の目的を忘れてただ互いを貪り合う。

ひとつの食べ残しもないようにと、大切に、惜しむように。

その間、ヴァージルは熱に浮かされたように「愛している」とレティシアに囁き続ける。

彼の言葉ひとつひとつに愛を感じてしまったレティシアは、そのたびに軽い絶頂を味わった。

「レティシア様……俺も……もう……」

何度目か分からない絶頂に再び駆け上がろうとしたとき、ヴァージルもまた限界を訴える。

全身でレティシアを感じられるように身体を密着させて子宮を突き上げ、レティシアの秘所もまた、彼の屹立を扱《しご》くようにきつく締めつけた。

「……ぁ……あぁ……あっあっ……ンぁ……あぁっ！」

今までにないほどの深くて大きな波がやってきて、レティシアを誘っていく。

突き上げられる衝動のままに頭の中が真っ白になって、――そして、光が差し込んできた。

誰かが頭を撫でてくれている。

レティシアはまどろみの中で、その幸せな感覚に酔いしれる。

(気持ちいい……)

ただ頭を撫でられているだけなのに、どうしてこんなにも安心するのだろう。

涙が出てきてしまいそうになるのだろう。

この大きな手は……。

「………ヴァージル様?」

きっと彼に違いない。

そう思いながら目を開けると、想像していた人が優しい目でこちらを見つめていた。

「起きましたか? レティシア様」

半裸の彼はベッドに横たわるレティシアの隣に座り、ずっと頭を撫でてくれていたらしい。

ヴァージルの逞しい胸板が目に入り恥ずかしくなったが、先ほどそれよりも恥ずかしいことをしたのだと思い出してさらに直視できなくなった。

毛布に顔の下半分を埋めてちらりと視線だけ送る。

「身体は大丈夫ですか? 痛いところや変なところはありませんか?」

「……大丈夫、です」

いまだにヴァージルの大きなものが中に挿入っている感覚が残っているが、それ以外は案外平気だった。

だが、レティシアが大丈夫だと言ったのにも関わらず、ヴァージルは申し訳なさそうな顔をする。

どうしたのかと首を傾げると、彼はレティシアの前髪をさらりと指先で攫《さら》う。

「申し訳ございません。貴女のスキルを使うための行為だったのに、俺、途中で理性を失くしてしまって……」

「……いえ、私も途中から目的を忘れて……その……」

ヴァージルだけを求めてしまった。

そのことを口にするのはまだ気恥ずかしくて呑み込んでしまう。

だが、心配はいらない。

「大丈夫です。気をやってしまったとき、未来が見えましたので」

今回の発動条件はそれだったのだろう。

胎の中に精を注ぎ込まれたときに、レティシアは明瞭な未来を見ることができた。

目的は達成されたと言っていい。

「どこまで見えたのですか？」

「ほぼ全部だと思います。ヴァージル様が狙われる場所、そして襲った犯人がはっきりと見えました。おそらく状況を推理していけば、日にちもおのずと分かっていくかと」

ようやく、ようやくここまでスキルを回復することができた。

喪失する前とほぼ同じ、いやそれ以上かもしれない。

以前は未来のいち場面をただ享受するだけだったが、今回見たい場面を見られるように操ることができた。

以前よりも力が増しているのは間違いなかった。

だからこそ、この未来は確実に起こると言い切れる。

そして、ここまで詳細に知ることができたからには、回避できる未来なのだと。

「ヴァージル様、貴方を殺そうとしていたのは――」

第三章

ヴァージルを殺そうとした犯人。レティシアは確かにスキルでその姿を見ることができた。

ところが……。

「申し訳ございません。はっきりと名前や素性が分かればいいのですが、私も見たことがない人でして」

レティシアが残念そうに言うと、ヴァージルは首を横に振る。

「いえ、それは当然でしょう。おそらくレティシア様が見たのは俺に差し向けられた刺客です」

だから知らなくて当然だと、レティシアを落胆から救い上げてくれた。

「貴女が見た刺客の裏には黒幕がいて、そいつが人を使って俺を殺そうとしている。そう見た方が自然だ。わざわざ自ら手を下して余計なリスクを背負うより、金を握らせて人を雇った方が早い」

「ということは、黒幕まで分からないことには、ヴァージル様の安全は得られませんね」

残念そうに言うと、ヴァージルは難しい顔をして考え込んだ。

そして、静かに驚くべきことを言ってくる。

「……黒幕は分かります。俺が城の中で殺されるとなれば、おのずと導き出せる人間は限られてくる」

しかも、ヴァージルを殺すまでのことをやってのける人物。

レティシアもヴァージルの表情を見て、何となく分かってしまったような気がした。

頭の中に浮かんだのだ。

「……ステファン様ですか？」

かつての婚約者の顔が。

そして、ヴァージルも否定しなかった。

ステファンという人は、決して善人ではない、むしろあくどいことも平気でやるような人間だ。

けれども、まさかそこまでのことをするとは思いたくなかった。

「玉座を誰に明け渡すか、そろそろ王が選定に入る時期です。しかも最有力だったステファンがレティシア様を失った。状況的に俺と五分五分だ。下に見ていた俺が王になるのは許せないでしょう」

絶対にありえないと思っていたヴァージルの王位継承が見えてきてしまった。

だから、焦りから凶行に及ぶに至った可能性は十分に考えられる。

「……ですが、本当に王位のためにそこまで……」

「当人をさし置いて周りは勝手に政局をめぐって争う。城はそういうところです。その渦中にいるステファンはなおのことでしょう」

事前に離宮に移り住んだのもある程度の意思表示のつもりだったのだが、どこかで逆転を狙って何かしらを目論《もくろ》んでいるのではないかと邪推する人間は後を絶たない。

だからこそ、ステファンはレティシアを得てもヴァージルをけん制し続けていた。

決して甘い顔をすることなく、自分が優位にいることを周りに見せつけていたのだ。

「ですが、これで事前にステファン様とお話をしてそんなことはやめるように説得すれば、ことは丸く収まりませんでしょうか。計画を知っていると言えば、あちらも怯《ひる》んでしまうのでは？」

そうなれば、もうヴァージルの命が狙われることはなくなるだろうし、誤解も解けるかもしれない。

楽観視かもしれないが、それでも争いが始まるよりはましだ。

事前に防げるものは防いでおくにこしたことはないだろう。

「いいえ、ステファンとは話をしません」

「どうしてですか？」

穏便に終わらせることが目的ではないのだろうか。

何をするつもりなのかと目で問うと、彼はレティシアの頬を撫でてきた。

「もし、俺が暗殺計画を事前に知っていたと分かったら、どこでそれを知ったのかを探るでしょう。何かの拍子に貴女のスキルが戻ったことを知るかもしれない」

「ヴァージル様を危険な目に遭わせるくらいならば、私はバレても構いません」

「絶対にダメですよ、レティシア様」

どうしてもそこだけは譲れないと、彼は頑《かたく》なな態度を貫いた。

「レティシア様のスキルが戻ったと公になれば、ステファンは何としてでも貴女を取り戻すでしょう。それこそ俺を殺してでも、未来を見ることができる貴女がほしいはずだ。……俺はもう二度とステファンに渡したくない、愛する人を」

そのリスクは取れないとヴァージルは言う。

レティシアだって秘密がバレてもステファンのもとに戻るつもりはない。だが、一方で、これ以上ヴァージルが狙われるのも嫌だった。

「だから、俺自身が囮《おとり》になって、実行犯を捕らえます。貴女が教えてくれた情報があれば、不意打ちを食らうことなく襲撃を躱《かわ》せるでしょう」

もし、その実行犯の口を割ることができ、ステファンの名前が出れば儲《もう》けものだ。

だが、おそらく彼の名前は出てこないだろうとヴァージルは言う。

出ても、証拠がない、誰かが自分に罪を擦り付けるために雇ったとまで言うに違いないと。

「だから、今はステファンがぼろを出すまで、ひとつずつ罠を潰していくのが賢明だと思います」

「それでも怪我でもしたら……」

「俺を信じて、レティシア様」

漆黒の瞳が、力強い光を湛《たた》えてレティシアを見つめる。

何も怖くない、未来は変えられると確信した目に魅入ってしまった。

「生きて帰ってこられたら、俺、貴女にプロポーズしたいんです」

「え！」

プロポーズ？　とレティシアは顔を真っ赤にして慌てふためく。

まさか、愛してくれていると分かっているとはいえ、そこまでしてくれるとは思っていなかった。

結婚を見据えてくれているなんて。

「言ったでしょう？　毎日毎日貴女に愛を乞うと。そして許されたあかつきには、すぐにでも結婚したい。急《せ》かすつもりはありませんが、そのつもりでいることは知っておいてください」

真っ直ぐな言葉に、レティシアの心はきゅうんと締め付けられた。

だが、あることに気が付く。

慌てて起き上がり、ヴァージルに言い募った。

「ですが、スキルを失ったとされる私と結婚すれば、ヴァージル様は王位継承ができなくなります！」

そんなことになったら、ヴァージルの人生を変えてしまう。

得られるはずだったものを手放してしまうことになるのだ、安易な選択はできない。

「それでいいです。俺は王位よりも貴女が欲しい」

ヴァージルはレティシアの手を取り、手のひらに唇を落とした。

「王位は、もしかすると何かの拍子で転がり込んでくることもあるかもしれませんが、でもレティシア様はこの世でたったひとりだけですから。王位欲しさに手離したりできない、大切な人です」

「……そ、そんなこと言われると、ますます嬉しくて舞い上がってしまいます！　うぅ〜……胸のところがソワソワして落ち着きません！」

こんなに誰かに大切にされたことがないレティシアには、身に余るほどのありがたい言葉だ。

だが、好意を受け取ることに慣れていないので、どう反応していいか分からない。

ただただ、胸がざわざわして落ち着かず、でも嫌な感じではない。

言葉にしがたいものが溢れて苦しいくらいだ。

「舞い上がってください。そのソワソワをもっと大きくしていってください。俺を意識して、俺を好きになって、俺を愛して」

頬にもキスをされて、心臓が壊れてしまいそうなほどにバクバクしているのに、これ以上の追撃はやめてほしいと恨みがましい目で見つめた。

「俺の願いはそれだけです。貴女に出会ったときから、日々願うのはそれだけ。ようやく機会が巡ってきたのです。絶対に逃したくない」

レティシアだって思う。

遠回りしてしまったけれど、あの日ヴァージルと出会えたのはレティシアにとって幸運だった。

こうやって、スキル以外に価値がないと思っていた自分を愛してくれて、必要だと言ってくれる。

世界で一番ほしいと願ったものを、与えてくれるのだ。

きっともう、レティシアも気付いているのだろう。

ヴァージルという人に惹かれていることを。

一緒にオパール色の蝶を探していたときも、彼に会えるのを何よりも楽しみにしていた。

蝶を見つけることが目的だったのに、いつの間にかヴァージルに会いに行っていたのだ。

恋未満の淡い想い。

それが今、恋となって大きく芽吹く。

「だから、俺はこんなところで死ねません。必ず生きて帰って、貴女を幸せにするのですから」

「約束してくださいますか？　絶対に生きて帰ると」

「もちろんです」

この世に「絶対」なんてものはないと分かっている。

けれども、あえてその言葉を使ったのは、そうであってほしいと願ってやまないからだ。

今度ばかりは「絶対」があってほしいと願《がん》をかける。

「私はこうやってヴァージル様のご無事を願うだけしかできません。でも、貴方が生きて帰りたいと願う糧になれているのであれば、これ以上のことはないでしょう」

「俺は貴女の愛があれば、無敵です。だから、信じて待っていてください」

涙が溢れて止まらない。

どうか、どうか、この人が無事でいられますようにと願えば願うほどに涙が止まらなかった。

これほどまでに自分のスキルが役立って嬉しかったことはない。

これほどまでに誰かの無事を願ったことはない。

――これほどまでに、ヴァージルの愛をもっともっと感じたいと願うのは、きっとレティシアも同じものを返したいと思っているからだ。

「ヴァージル様がご無事でしたら、私の想いをお伝えします。でも帰ってこないと聞けませんからね？」

「分かりました。凄く……もの凄く楽しみにしております」

彼の首の後ろに手を回し、縋りつくように抱き締める。

ヴァージルもまたレティシアの腰に手を回して抱き返してくれた。

「レティシア様、俺にキスのお守りをください」

そんないじらしいことを言うので、レティシアは思わず自分からキスをする。

ヴァージルは嬉しそうに目を細め、一度離した唇をもう一度食《は》んできたのだった。

◇◇◇

「久しぶりだな、ヴァージル」

一番顔を見たくない人間に早速会ってしまい、思わず舌打ちをしそうになった。それでも心の中に留めておいたのは、先日留飲を下したせいもあるのだろう。

いまだにステファンの頬に残る痣《あざ》を見て、苛立《いらだ》つ気持ちも引っ込んでしまった。

「私にあんなことをしておいて、よくも城にやって来られたものだな」

「何故あんなことをされたのか、自分の胸に手を当ててよく考えることだな。それに今日は陛下に呼ばれてやってきたんだ。それはお前も分かっているだろう」

離宮に使者がやってきて、城に集まるようにと招集をかけられたのは、レティシアと一夜をともにしてから十日後のこと。

兄弟に改めて話があるというので、城へとやってきた。

おそらく王位継承についての話があるのだろう。

それをステファンも分かっているはずなのに、いちいち突っかかってこないと気が済まない性分なのか、それとも先日の一件を謝らせたいのか。

「胸に手を当てて考えろだと？　私は親切にレティシアを返してやると言いに行ってやったんだ。それなのに殴るなんて、恩を仇《あだ》で返すような真似をして！」

ヴァージルはステファンの方に手を伸ばし、彼の胸倉を掴《つか》み上げる。

小さく悲鳴が聞こえてきたが、何も殴ろうとしているわけではない。

前回と違ってヴァージルは冷静だ。

「俺はお前がレティシア様にしてきたことを許していない。二度とあの方の名前を口にするな」

瞳の奥に怯えの色を見せるステファンに凄むと、彼は息を呑む。

掴んだ胸倉を離し、鋭い一瞥をくれてやると、ヴァージルはもう用はないとばかりにすたすたと歩き始めた。

その背中にステファンが嘲りの笑いをぶつけてくる。

「ふん！　そんなことを言っていられるのも今のうちだ。私を殴ったことを後悔する日が必ず来るぞ」

きっとあのときの行動を後悔するときなど、一生来ないだろう。

レティシアを軽んじ、あまつさえヴァージルを苦しめるための道具にしたことを、一生許しはしない。

彼が何を仕掛けてこようとも、それだけは変わらないと断言できる。


謁見の間の扉が開かれると、そこにはすでに王が待っていた。

「久しいな、息子たちよ」

王は便宜上「息子」と言っているが、ヴァージルに対し父親らしい顔を見せたことがない。

王位継承の性質上、王家は競争社会だ。

生まれたときから競い合う運命にある。

スキルを持つ人間は約半分と言われている中、確率でいえば兄弟の半分がスキルを持たない子どもが生まれることになる。

故に、王になる器を用意すべく、できうる限り子どもを多く産む必要があった。

ステファンの母親が死んですぐにヴァージルの母を迎えたのも、その理由からだ。

さらに今の王妃もその慣習に倣って嫁いできた。

常に誰が王としてふさわしいのかを見極めるために目を光らせ、一定以上の距離を保つ。

それが自分たちの父親だ。

「今日お前たちを呼んだのは、今度、伴侶選定のために夜会を開くことが決まったと知らせるためだ。

現状、ふたりとも婚約者がいない。早急に決めなければならない」

有無を言わせぬ圧をもって、王は命令を下してきた。

なるほど、今のままでは選定できないから早く伴侶を決められるようにと出会いの場を整えてくれたらしい。

通常は十歳のスキル判定儀式で見繕うものだが、ステファンは今年二十五歳だ。

さすがに年の差がありすぎて、そこから選ぶこともできないだろう。

レティシアのスキルがあまりにも強大過ぎて他の令嬢たちが霞《かす》んでしまっただけで、伴侶にふさわしいスキルを持つ女性はいくらでもいる。

「ヴァージル、お前もだ。ずっとのらりくらりと伴侶選定を避けてきていたが、もう看過はできない。絶対に参加するように。これは命令だ」

「……分かりました」

本当なら断ってしまいたいところだが、今はまだレティシアの存在を明かせない。

下手に断って理由を追及されるよりはマシだろうと、ヴァージルは大人しく従った。

そのあと、王子としてこの国のために何をしなければならないのかを説き、最後に王位継承者の選定まで時間がないとしっかりと釘《くぎ》を刺して、王は退出していった。

「父上も、私が早く新たな婚約者を得られるようにと取り計らってくださったようだな」

あくまで自分が王にとって一番の息子であると考えているステファンは、今回のことも自分のために用意してくれていると思っているようだ。

そんなことは一切言われていないにも関わらず。

彼の自意識の過剰さにはあきれるばかりだ。

ヴァージルは挑むような目でこちらを見るステファンに冷ややかな一瞥をくれたあと、無言でその場を去っていった。

背を向けているので分からないが、おそらく彼はほくそ笑んでいることだろう。

素知らぬふりをして、ヴァージルは次に目的の場所に向かっていった。

そこは、城の中の棟と棟を繋ぐ外廊下で、中庭を望むことができる。

開放的だが、一方で無防備な場所でもあった。

きっとここで不意打ちに襲撃を受けたとしたら、接近戦では勝機はあるが、遠方からの攻撃は防ぎきれない。

普段は城の中では警戒心を抱いたりしないが、今ばかりは見渡しながら進む。

すると、どこからか小さな悲鳴が聞こえてくる。

女性の高い悲鳴のあとに、ガサガサと草が鳴る音がして探してみると、物陰に女性が倒れ込んでいるのが見えた。

「大丈夫ですか?」

ヴァージルは駆け寄り、しゃがみこむ。

下女の格好をした女性の側にはバケツが転がっており、仕事の最中で倒れたのだろう。

薄っすらと目を開けた女性の顔を覗き込んで、大丈夫かと再度声をかけた。

「……申し訳ございません、眩暈《めまい》がして……失礼ですが、手を貸していただけますか？」

女性はこちらに助けを求め手を伸ばす。

ヴァージルも手を伸ばし、彼女の手に重ねようとした。

――ところが、その前に、女性の腕ごと掴み上げる。

先ほどまで具合が悪そうにしていた彼女は、ぎょっとした顔をして焦りを見せてきた。

「な、何を……」

ヴァージルから離れようとするも、力では敵わない。

自分の腕を取り戻すことができずにもがく女性に、ふっと鼻で笑った。

「どこかで見たことがある顔だ」

サッと青褪めた彼女のもう片方の手も掴み、攻撃を封じる。

「あぁ、そうだ。お前、『毒婦』と呼ばれている暗殺者だな？」

ヴァージルが彼女の正体を口にすると、すぐさまに暴れ出した。

爪先からあらゆる毒を出すことができる彼女に少しでも肌を引っかかれたりしたら、彼らの目論見通りに死んでしまうだろう。

ヴァージルは彼女の手を後ろにひねり、毒爪を使えないように両手を布で包んだあとに縄で縛った。

『ヴァージル様は陛下のお話のあと、城の中で助けを求める女性に遭遇します。彼女が毒を操るスキルを使って、貴方に毒を盛るのです』

これが、レティシアが教えてくれた未来だった。

さも、もともと彼女の顔を知っているかのように話してはいるが、実はレティシアの毒を使って殺されるという証言から、毒のスキルを使う女性をあぶりだし、事前に特定していた。

レティシアの話では暗殺者の毒で瀕死の状態になるのだが、その後ヴァージルの遺体を確認しにステファンの手下がやってくる。

彼もまたレティシアが見たことがない顔だと言っていたが、わざわざヴァージルの死を確認させるくらいだ、ステファンに近い人間に間違いない。

身体を鍛えていたおかげかもともと持っていた「強靭」のスキルが働いたのか、ヴァージルは生きており、最後の抵抗を見せた。

ただ遺体を確認するだけの役割だった手下はパニックになり、ヴァージルを何度も剣で貫いた。

ヴァージルはそれで絶命することになる。

そして、毒を盛った女性が悲鳴を上げて、さも今ヴァージルの遺体を見つけたかのように装うという流れだった。

未来視で血まみれのヴァージルが見えたのもそのせいだろう。

名の通った暗殺者であることを知ったときは驚いたものだが、それだけステファンが本気だということだ。

「おおかた誰かに雇われて俺を殺しに来たのだろうが、素直に雇い主の名前を話すつもりはあるか？」

「…………」

「そこは暗殺者のプライドにかけて口にしないというわけか。なるほど。利口な方ではないようだな」

この結果は予測していたのでさして驚かない。

かといって、彼女の口を割るために手荒い真似をするのも気が引ける。

「もしも、雇い主の名前を言えたら、減刑を掛け合うという条件ではどうだろう」

どちらにせよ、この暗殺者は極刑を免れない。

委託されたとはいえ、王子を殺そうとしたのだ、ただで済むはずはない。それは彼女も分かっているはずだ。

「名前を言えば、せめて極東にある監獄島行きは阻止してやれるが？」

そこは、犯罪者にとっては最悪の監獄と言われる場所だ。

世界中の凶悪犯がそこに集められ、スキルを封じられた状態で収監される。

中はまさに弱肉強食の世界で、弱ければ殺され、強ければ生き残れる。単純にして恐ろしい場所でもあった。

「お前もあそこの過酷さは知っているだろう。……あんな所より、ここの地下牢《ちかろう》の方がまだ居心地がいいとは思わないか？」

毒婦の顔色がサッと変わったのが分かった。

◇◇◇

(もう日が暮れるのに、まだヴァージル様は帰ってこない……)

レティシアは部屋の窓から林を見つめ、一日中ヴァージルの帰りを待っていた。

城から使者がやってきて王に召集命令がかかったことを知らせてきたとき、こんなに早くその日が来るものなのかと分かり息を呑んだ。

ヴァージルを信じると決めて送り出したが、やはり不安が溢れて止まらない。

彼を見送ってから、食事をするのも忘れて窓に張り付き、無事に帰ってくるようにと祈りを捧げ続けていた。

帰りが遅くなればなるほど、嫌な考えが頭をよぎる。

茜《あかね》が部屋の中に射す頃には、眦に涙を浮かべてしまっていた。

(……どうか早く……早く帰ってきて……)

握り締めた手が白くなるほどに力が入り、感覚もなくなってきている。

緊張で息も浅くなっていて、今にも倒れてしまいそうだが、それでもここから動けなかった。

すると、外で音が聞こえてくる。

ハッとして目を開け窓に齧《かじ》り付くと、林から馬がやってくるのが見えた。

咄嗟に駆け出し、部屋を飛び出る。

ずっと膝立ちをして窓に張り付いていたため、膝が震えて上手く走れず、何度も転びそうになる。

それでも懸命に足を動かした。

玄関の扉を開け放った瞬間、はっきりと見えた馬上にいるヴァージルの姿。

「ヴァージル様っ！」

声の限り、彼の名前を呼んだ。

こちらの姿に気付いたヴァージルも、馬から下りてこちらに駆け寄ってくる。

レティシアは突進するように彼の胸に飛び込むと、ヴァージルはそのまま抱き上げて大事そうに抱え込んだ。

「ただいま帰りました、レティシア様」

「……ぅ……うぅ」

笑顔でおかえりなさいと言いたいのに、涙が邪魔をして話せない。

そんなレティシアに、ヴァージルは愛おしそうに頬擦《ほおず》りしてきた。

「大丈夫です。俺は無傷ですし、暗殺犯も捕まえてきました。すべて計画通りですよ」

よかったと安心するとさらに涙が溢れてきた。

「俺は大丈夫ですから、泣かないでください」

胸も言葉も詰まってしまう。

でも、どうしても最初に伝えたい言葉があって、しゃくり上がる咽喉を落ち着かせて、どうにかこうにか言葉を紡いだ。

「……ぅ……わ、わたしも……私も愛しています……ヴァージル様……っ」

もう心は決まっていた。

無事に帰ってきたら、自分の気持ちをいの一番に伝えることを。

涙交じりの声でする告白はみっともないものだったけれど、ヴァージルには十分伝わったようで、彼もまた泣きそうな顔をして笑みを見せた。

もう離したくない、離れたくないとお互いを求めるように抱き締め合う。

「俺も愛しています、レティシア様」

ヴァージルの腕の中が、この世界のどこよりも安心できて、幸せを感じられる場所のように思えた。

「王位継承権を捨ててしまう俺ですけど、結婚してくださいますか？」

「王位なんていりません。私は、私は、ヴァージル様がいればそれだけでいい」

地位があっても、将来が約束されていても決して幸せであるとは限らない。

実際、ステファンの婚約者という、令嬢たちに羨望のまなざしを送られる立場だったにもかかわらず、レティシアはちっとも幸せではなかった。

逃げ出したくて、でも逃げ方も分からずに心を殺し続けた日々。

ようやく手に入れた自由は希望にあふれていて、でも怖くもあって。

そんなときにヴァージルが追いかけて、手を差し伸べてくれた。

レティシアが幸せになる手伝いをしたいと言ってくれて、「ただのレティシア」であってもいいとすべてを許してくれたのだ。

今はもう、手伝ってもらわなくてもいい。

ヴァージル自身がレティシアの幸せなのだから。

(……あぁ、思い出した。私、オパール色の蝶を見たとき……)

ずっと思い出せなかったあの日の願いが何だったのかを思い出した。

——幸せになりたい。

幸運の象徴に、ただそれだけを願った。

すぐにありえないだろうと自分の願いに蓋をして、忘れ去ってしまったが、ただただ純粋にレティシアは人並みの幸福を手に入れることを望んでいた。

「貴方がこうして私を抱き締めてくださるだけで、私は幸せなんです」

オパール色の蝶が運んできた出会いと幸せ。

眉唾なんかではない。

たしかにオパール色の蝶を見つけたら幸せになれるのだと、レティシアは身をもって知った。

「――毒婦に協力させ、ステファンの手下を捕らえて黒幕を吐かせました。ですが、辿り着いたのは、別の貴族の名前です」

「では、黒幕はステファン様ではないのですか？」

「いえ、ステファンには間違いないでしょう。その貴族に俺の暗殺を命じ、貴族は弱みを握られているのかずっと口を閉ざしたままで……っ……くそっ、もどかしいな」

ヴァージルは舌打ちでもしそうな勢いでそう吐き捨てながらも、ドレスを破かないように紐《ひも》を解こうとしていた。

「貴族がステファンの手下に繋がっている証拠はあると脅したのですが、その手下には個人的に俺の暗殺に協力してもらったと言うばかり」

「あくまでステファン様は関係ないと？」

「ええ、そう言い張っております。手下も同じです。おそらく、貴族が口を割らない限りは、暗殺を依頼したのは彼ということになるでしょうね。ステファンに繋がる証拠は今のところ何もない」

ふたりでレティシアの部屋にもつれこんだあと、事件の話を聞きたいレティシアと、一刻も早く愛を交わしたいヴァージルは、ドレスを脱がせながら説明をするという形になった。

ことのあらましを丁寧に説明してくれていたヴァージルだが、徐々に待ちきれなくなり、焦るばかりに紐が解けずに苦労している様子だ。

使用人によってきつく締められたそれは、着るのも脱ぐのも一苦労。

早く脱がせたいと焦燥感に駆られている人には、もどかしくて仕方がないだろう。

背中を見せて脱がされるのを待っているレティシアも同じこと。

焦れる心を落ち着かせるようにヴァージルがうなじにキスをしてくるたびに、こちらも期待が高まって、いっそのことドレスを破いてほしいという気持ちになる。

もちろん、これはヴァージルが用意してくれたものなので言えないが。

「……今さらですが、ヴァージル様は大丈夫ですか？　身体ではなく、心です。半分しか繋がっていないとはいえ、兄弟とこんなことになって……」

「兄弟といっても、生まれながらにして敵対しておりましたから。便宜上兄と呼んでいましたが、さしていい思い出もありません」

そうこうしている間に、ドレスの紐が引き抜かれて緩み、ヴァージルの手によって脱がされていく。

下着姿になった身体を後ろから弄り、うなじだけではなく肩や背中にもキスを落としていった。

「薄情な男だと思いますか？」

「いいえ。ヴァージル様が気にしていなければいいのです。それに命を狙われたのですから、手加減など無用でございます」

「よかった」

顎に手を添えられて後ろを見るようにクイっと引っ張られると、ヴァージルは唇にもキスをしてくれる。

（ヴァージル様にキスをされるの……好き）

頭が蕩けて、ヴァージルのことしか考えられなくなる。

こうやって可愛がるように啄むキスも好きだが、奪うように貪るキスも好きで、どちらもヴァージルの愛を感じられる。

唇を離したあと、目元を赤く染めながら名残惜しそうにレティシアの唇を見ている姿も愛おしくて、もっとしてほしいと強請りたくなるのだ。

そのまま身体をヴァージルの方に向けられて、壁に押し付けられる。

「……ンっ……ふぅ……ンん……ぁ……はぁ……」

舌を絡ませ、レティシアの口内を蹂躙《じゅうりん》するヴァージルも貪欲にレティシアを求めてくれた。

上顎を舐められ、舌を吸われ、唾液を絡ませ合う。

その間腰を擦られて、まるでキスの快楽がここに下りてくるように誘導されているみたいでゾクゾクしてしまう。

その通りに甘い痺れが腰をくすぐり、キスで感じてしまうたびに腰が砕けそうになった。

骨抜きになってしまったレティシアは、徐々に立っているのも難しくなる。

「ほら、俺にちゃんと掴まっていてください。そうじゃないとキスができない」

「……はい……がんばり、ます……」

首に回した手に力を入れて、どうにかこうにかヴァージルのキスに応えようとした。

ヴァージルに気持ちよくされてしまうと、手も足も力が入らず、頭も熱に浮かされて上手く働かない。

「可愛らしい人ですね、貴女は」

でも、そんなレティシアに呆《あき》れるどころか、ヴァージルはどことなく嬉しそうな顔をした。

「では、頑張って立っていてくださいね」

ヴァージルは唇を離し、頬にキスをするとその場にしゃがみこんだ。

そして、レティシアの下着を脚から抜き去ると、片脚を持ち上げて秘所に顔を埋めてきたのだ。

「……いやぁ……あっ……そんな、こと……あぁっ！」

「許してください。早く繋がるためにはここを柔らかくしないと。それに、レティシア様も口と指両方で可愛がってあげたときの方が気持ちよさそうでしたしね」

舌を秘裂に這わせてぺろぺろと舐《な》めながら指先で皮を剥《む》き、陰核を剥《む》き出しにする。

もう弄るとどうなってしまうのか知っているレティシアのそこは、少し擦ってあげただけでぷっくりと膨れ上がった。

舌先は蜜口に差し込まれ、入り口を柔らかくするように肉壁を舐る。

唾液と蜜、どちらか分からないものが内腿を伝い、床に滴った。

ある程度入り口が柔らかくなると、今度は指を膣の中に、舌を肉芽にと場所を交代させる。

巧みな動きに翻弄されながら、レティシアはヴァージルの言いつけ通りに頑張って立ち続けた。

「……あぅ……はぁっ……ふぅうンぁっ！　あぁ！」

「……はぁ……トロトロで……中に入ったら絶対に気持ちいいでしょうね……」

早くひとつになりたいと、ヴァージルはレティシアの弱いところを重点的に攻める。

絶頂はあっという間にやってきた。

「……ひあぁっ！　あぁ……ンぁ……あっ……あぁ……」

達したことで締め付けてくる膣壁の感触にヴァージルは息を呑み、溢れる蜜を舌ですくう。

興奮して息を荒くしながらも、欲のままにがっつくことなく指の本数を増やして中を広げていった。

指が出入りするたびにぐちゅぐちゅと音が鳴る。

奥が開かれるたびに、指だけでは足りないと思えてしまう。

もっと熱いものがほしいと、ヴァージルの愛の証拠を刻んでほしいという欲が湧き出て仕方がない。

焦がれているのはヴァージルだけではなく、レティシアもまた、早くほしかった。

両思いになったのだから、その悦《よろこ》びを知りたくて堪らないのだ。

「……ふぁっあぁン……あっあっ……あぁっ！」

二度目の絶頂を迎え、レティシアはとうとう立っていられなくなり、ヴァージルに凭《もた》れ掛かった。

彼は逞しい腕に抱きとめ、「大丈夫ですか？」と聞いてくる。

レティシアは首を横に振って、もう限界だと訴えた。

「……大丈夫じゃ、ありません……もう……もう……早く、私を、本当の意味で……ヴァージル様のものにしてほしい……」

イってもイっても、身体が疼く。

ヴァージルが欲しいとはしたなく啼《な》く身体を、どうかその愛で満たしてほしい。

すがりながら訴えると、ヴァージルはレティシアの身体を持ちあげて、壁に手を突かせて立たせた。

「今、俺のものにしてさしあげますからね」

レティシアのうなじにキスが落とされると、熱くて大きなものが濡《ぬ》れそぼったそこに侵入してきた。

膣壁を擦り、奥へ奥へと突き進んでいくそれは、レティシアが望んだもの。

嬉しくてつい身体が反応してしまい、屹立を締め上げてしまったらしい。

「ひあぁンっ！」

息を呑んだヴァージルは、一気に最奥まで穿ってきた。

あまりの衝撃に息を止める。

すると、ヴァージルが動き出し突き上げてきたために、喘ぎ声とともに再び呼吸が漏れ出た。

「……あぁ！　……ふぁ……あぁンっ……んんっ……ぅあ」

「嬉しいです。レティシア様が俺をこんなにも情熱的に求めてくれて。そのたびに、本当に貴女に愛されていると実感する」

「……だって、本当に……ひぅっ……本当に、愛して……あぁっ……愛しているから……っ」

「俺も愛しています」

ぎゅっと後ろから抱き締めてきたヴァージルは、胸を揉みしだき、頂を指でくりくりと虐めてくる。

全部あますことなく可愛がってあげるかのように。

「もう俺のものだ……俺だけのレティシア……」

中で質量が増したそれは、レティシアが自分のものであることを示すように激しく責め立ててきた。

腰を強く打ち付け、胎の奥の奥まで犯して刻み付ける。

独占欲が入り混じったヴァージルの愛は激しくも甘美で、どこまでもレティシアを溺れさせた。

「……はぁ……ヴァージル、様……イってしまいます……また、イくぅ……」

こんなに早く達してしまいたくないのに、抗いがたい波がやってきてレティシアを誘おうとしている。

「……いいですよ……イってください……イって……——イけっ」

「……やぁっ……あぁっ！」

ヴァージルの言葉に引きずられて、レティシアは果ててしまう。

ビクビクと腰が震えて、屹立をきゅうきゅうと締め付けたが、ヴァージルは吐精せずに我慢したようだ。

レティシアの背中に額を当ててふぅ……と長い息を吐いていた。

「俺の愛はこんなものではありませんよ」

今度はベッドに連れていかれ、向き合いながら貫かれる。

キスをされ、熟れて敏感になっている中を、逞しくて硬いヴァージルの屹立に容赦なく突かれて。

レティシアは、その熱を感じては悦びの声を上げる。

「……ヴァージル様……愛しています」

咽喉が潰れるほどに叫んでも、字に書いても足りないほどにこの想いを伝えたい。

未来を見るためではなく、愛を知るための交歓は、身体だけではなく心までも気持ちよくさせた。

ヴァージルがいて、レティシアがいて。

このふたりだけで終始する世界を得た今、もう何者にも邪魔されたくない。

こうやって手を繋ぎ、キスをして、幸せだと微笑み合う時間が永遠に続けばいいのにと願ってやまない。

「愛しています、レティシア」

愛おしそうにこちらを見つめるヴァージルが見える。

快楽の波が一気にせり上がってきて、レティシアは深い絶頂に追い上げられた。

ヴァージルも小さく喘いで、中に白濁の液を出す。

びゅくびゅくと何度かに分けて吐き出されるそれを感じながら、ぎゅっと彼を抱き締めた。

「未来って、不確かなものだと思うのです」

情事のあと、ふたりでベッドの上で横たわりながら話をしていると、レティシアはずっと思っていたことを口にした。

「私が見ているのは未来の一端。たくさんの可能性の中のひとつでしかありません。見た未来はひとつの行動や、たった一言で変わってしまうような意外に脆いものです。だから、今回のようにいくらでも変えられます」

「では、もしかしたら、レティシア様が見た俺が殺される未来では、こうやって抱き合っていなかったかもしれませんね」

「そんな未来もあったと思います」

「……なるほど、だからあんなに簡単に刺されて殺されるわけか」

ヴァージルが何やら小さな声で独り言ちていた。

おそらく、レティシアが見ているのはいろんな可能性を掻《か》い摘《つま》んだものではないだろうか。

そうでなければ、いろいろと辻褄《つじつま》が合わない部分も出てくる。

「でも、どうやっても変わらない未来があるのもたしかだと思います。ほんの一握りだけれども、たしかな未来。私は、ヴァージル様とそんな未来をつくっていきたいです」

何があっても揺るがない未来、愛。

ヴァージルとならつくっていけると信じている。

「もちろんですよ。俺は、何があってももう貴女を諦めることはしませんから。もし、引き離されそうになったら、貴女を攫って地の果てまで逃げます」

もうあの頃のような子どもではない。

自分の力で道を切り開く。
たとえ行きつく先が地の果てでも、それでも。

その日、レティシアは夢を見た。
王の前に立つヴァージルと、その横に並ぶレティシア。
そんなふたりに向けて王が言い放つ。
次期国王にヴァージルを指名すると。

第四章

「大丈夫か？　レティシア」

緊張の様相を見せるレティシアに、ヴァージルが気遣う言葉をかけてくれる。

「緊張しておりますが、大丈夫ですよ、ヴァージル様」

相思相愛になった日から、「レティシア」と呼んでくれるようになった彼は、昔のような言葉遣いに戻っていた。

レティシアがそうしてほしいと願ったためだ。

昔のように呼んでほしいし、昔のように話してほしいと。

最初は久しぶり過ぎて勘を取り戻すことに苦労していたようだが、最近は慣れたようだ。

八年の時を取り戻すことはできないが、その穴埋めはできる。

ヴァージルに「レティシア」と呼ばれるたびに、ふたりの八年間が埋まっていくような気がした。

そんなふたりだが、今日は離宮の外に出かけている。

ここ数日話し合い、王に結婚したいという旨を一緒に伝えに行こうと決めたのだ。

このまま隠れて暮らしているわけにもいかず、何より伴侶探しの夜会がヴァージルに待ち受けている。

王の命令で欠席することはできない催しであるため、その前にレティシアと一緒に暮らしていることを明かし、結婚の許可をもらいたいとその場で申し出るつもりだ。

よって、今日のレティシアは今までにないくらいにおめかしをしている。

薄ピンクの生地に、薄紫色の花の刺繍《ししゅう》があしらわれているドレスは、わざわざこの日のためにヴァージルが職人を呼んで作ってくれたものだ。

『離宮にドレスの仕立屋が出入りしていると分かれば、何となく察する人もいるだろう。まぁ、突然言うよりは、こうやって匂わせていた方が話は早くなる』

わざわざ作らなくてもと遠慮しようとしたレティシアに、ヴァージルが戦略的なことも兼ねているのだと教えてくれた。

『大前提として、俺がレティシアに贈りたいという気持ちが大きいんだ。どうか受け取ってくれないか』

そこまで言われたら、レティシアも素直に喜ぶしかなかった。

しかも、このドレスとは別に、夜会用のドレスも作ってもらい、もうすでにふたりの晴れの場に向かって準備が着々と進められている。

今回、薄ピンクを選んだのは、レティシアが昔から可愛らしいドレスを着てみたかったのだとヴァージルの前でポロリと零してしまったからだ。

次に仕立屋がやってきたとき、リボンやレースやら可愛らしいもので部屋が埋まっていた。

『君の理想のドレスをつくろう』

そう言ってくれたヴァージルの言葉に甘えて、昔偶然城の中で見た令嬢が着ていたピンクのドレスと似たようなものがいいと話す。

年齢や流行とかもあるのでまったく同じにはできないが、そこからアレンジして作ってみましょうと仕立屋が提案し、完成したのが今着ているドレスだ。

水色のサッシュのようなベルトがアクセントになっていて、後ろから見ると腰元に大きなリボンがついている。

ふくらみを持たせるために幾重にも布が重ねられたスカートは、レースが段になって重なっていてまるでお姫様のようだ。

「陛下は、私たちの結婚を許してくださるでしょうか」

「それは俺の覚悟次第といったところだろう」

王位を投げ出す覚悟はあるのか。

おそらく、結婚云々《うんぬん》というよりも、そちらの方が争点になるだろう。

あれから再度話し合ったが、やはりレティシアのスキルは表向きはなくなったままにしておこうという話になった。

もし、知られてしまえば、再びふたりは争いの中に身を置くことになる。

レティシアもまた、神殿に連れ戻されてしまうだろう。

最悪、ステファンの婚約者に戻ることだってありうる。

ようやく手に入れた平穏を手放したくない。

たしかに今までのことを考えれば、何もせずに引き下がることに納得のいかないこともあるだろう。

燻る怒りをどうしていいか分からなくなるときもある。

けれども、争いの果てに大切な人を失っては意味がない。

勝利にこだわり、何よりも大切なことを見失いたくはなかった。

だから、王位継承権を放棄し、平穏な暮らしを望む。

それがふたりが出した答えだった。

（……それにしてもあの夢、何だったのかしら）

あの夜に見た、ヴァージルが王位を継承することが決まったという不思議な夢。

ただの夢にしては鮮明だった。

まるでスキルを使って未来を見たときのような感覚が、あの夢の中でも起きていたのがどうしても気になる。

もしあれが未来視なら、ヴァージルが王になりかつレティシアが彼の伴侶となる未来があるということになるだろう。

果たして、いったい何がどうなってそんな未来がやってくるのか。

（夢よね……ただの夢……）

気にすることはないだろうと、レティシアは夢のことは頭から振り払った。

ふたりで謁見の間に通されて、緊張感が漂う中、王の到着を待ち続ける。

ここにやってくるのは、スキルテスト以来だ。

苦しかった八年間に終止符を打った場所ではあるが、逆に苦々しい思い出を思い起こさせる場でもあった。

まるで見世物のように皆の前で未来を見るようにとステファンに命じられたことや、面白みも話題性にも欠ける未来を見たことで、のちのち人がいないところで怒られたりと散々だったことや。

あのとき、ヴァージルがショーが繰り広げられている間、ずっと端にいて静かにこちらを見ていたのも覚えている。

あまりにも無表情のまま立ち尽くしていたのであまりこういうのは好きではないのかと思ったが、今考えればステファンと一緒にいる姿を見たくないと心を殺していたのだろう。

ふたりにとってもあまりいい思い出のない場所。

けれども、これからそれを塗り替えようとしている。

「ふたりでやってくるとはな……やはりあの話は本当だったのか」

王はやってきて早々、ヴァージルとレティシアを交互に見つめる。

ヴァージルの目論見通り、離宮に仕立屋が出入りしていることは耳に入っているようで、そこから誰かしら女性を囲っていると予測していたのだろう。

だが、それがレティシアだとは思っていなかったらしい。

頭を抱えて、大きな溜息を吐いていた。

「……まさか相手はレティシアとは……何を考えている、ヴァージル」

どういうつもりでレティシアを連れてここに来たのかは薄々感づいているようだが、その真意を理解しかねるとでも言いたげな視線が飛んでくる。

さすがに王ともなれば、ひと睨みするだけで迫力があって、レティシアは気圧されそうになった。

そんなレティシアを庇《かば》うように、一歩進み出たヴァージルは一切怯むことなく言い放つ。

「結婚の許可をもらいにやって参りました」

「それがどういう事態を招くか、重々理解した上での申し出か？」

「もちろんです。俺はレティシアを愛している。彼女もまた俺を愛してくれている。俺にとってはそれで十分なのです。たとえすべてを投げ出したとしても、レティシアとともにありたい」

ヴァージルの覚悟を読み取ったのだろう、王は渋い顔をして考え込むしぐさを見せた。

そして、こちらに視線を向ける。

「レティシアもそれでいいと？　ヴァージルに王位継承権を放棄させてまで結婚したいというのか」

当然の質問だ。

だが、早々に、痛いところを突かれたと、レティシアは密かに手を握り締めた。

「……この国にとって大きな損失であることは重々承知しております。この道を選ぶことは、我が儘であると。ですが、私は……私は、私と一緒に幸せになりたいと言ってくださったヴァージル様を信じております。咎を負えとおっしゃるのでしたら、私もともに負う覚悟です」

レティシアの選択としての答えは、今はこれが精いっぱいだ。

ヴァージルがどんな答えを出してもともに背負う覚悟は決まっているし、どこへだってついていく。

王の矛先はさらにレティシアに向かった。

「ステファンがダメなら次はヴァージルということか？」

「ち、違います！　決してそんな理由で言っているわけではありません！」

ふたりの王子を手玉に取っていると言われるのは心外だ。

何も地位や金が目当てではない。

純粋にヴァージルを愛しているから、一緒になりたいのだ。

「やめてください。俺がずっとレティシアを愛してやまず、ステファンと婚約を解消したと聞いたので、追いかけたのです。彼女はそれに応えてくれただけ。それに、陛下も彼女がそんな人間ではないとご存じでしょう」

ヴァージルがスッと前に出て庇ってくれた。

レティシアを侮辱しないでほしいと睨みつけるように見つめると、王は眉尻を上げてヴァージルと対峙《たいじ》した。

緊張感が漂う。

レティシアはドキドキしながら、他に何か言うべきかを考え続けた。

「そこまで本気なのか」

「はい」

「レティシアがステファンの婚約者に決まったとき、私に抗議をしたな。足止めをされてしまったと。あのときから彼女を愛していたと？」

「ええ、そうです。だから、陛下に言われた通りに今度こそチャンスを逃さず、レティシアを追いかけたのですよ」

意趣返しのように言われた言葉に、王は言葉を失う。

しばし沈黙したあとに、ようやく口を開いた。

「先日、お前は襲われたばかりだ。だから身の危険を感じて引くと言うのか」

王からすれば、ヴァージルの王位継承権の放棄は嘆かわしいことだ。

命を取るのか、戦ってまで勝ち得るという気概はないのかと暗に問いかけていた。

「もしこのまま血を血で洗う争いが起こるのであれば、それこそ悲劇だ。俺も今回は助かりましたが、次はどうなるか分からない。レティシアの身だって危ない。俺は自分の命よりも、レティシアを喪《うしな》う方が怖い」

「だから、そうなる前に一線を退くと？」

「はい。もとよりそのつもりで離宮に越していきました。レティシアを得た今、その想いがより一層強まっています」

ステファンはたしかに性格は最悪だが、何も頭が悪いわけではない。

王としての素質がまったくないわけではなく、これから周りの協力もあれば為政者としていくらでもやっていけるだろう。

「それに陛下ももう悩む必要はなくなるでしょう。俺は負けを認めるのではなく、大切なもののために退く、それだけです」

ヴァージルの言葉に、王は深い溜息を吐いた。

「……少し考えさせてくれないか」

「いつも合理的な判断を下す陛下にしては、珍しいですね」

「私とて迷うことはある。お前はあまりにも候補から外すには惜しい」

「状況が状況だけに複雑ですが、貴方にそう言っていただけて光栄です」

はい、そうですかとすぐに許諾できないほどの魅力が、ヴァージルにはあるということなのだろう。

こんなことにならなければ、きっと彼は善き王になれた。

けれども、ヴァージルがいつもレティシアの気持ちを尊重してくれたように、レティシアも彼の想いを尊重したい。

国からヴァージルという未来の賢王を奪ってしまう咎を、甘んじて背負い続ける覚悟だ。

「それはそれとして、今度の夜会には出席しなさい」

「レティシア同伴でしたら行きます」

「ヴァージル……」

「俺は夜会で伴侶を探す必要もありませんし、寄られてきても困ります。それとも欠席しましょうか？」

ふたりの応酬をハラハラとしながらレティシアは聞く。

互いに譲らぬ姿勢だが、今回はヴァージルの方が優勢のようだ。

王は小さく唸《うな》ったあと、大きな溜息を吐く。

「……まったく、頑固な。お前はそんな子だっただろうか」

「今まではすべてを諦めていただけです。もう俺は諦めません」

「……いいだろう、許可する」

王も折れるしかなかったようだ。


「……とりあえず、頭ごなしに反対はされませんでしたね」

「ああ」

城からの帰り道、張りつめた息を吐きながらホッと胸を撫で下ろす。

もっと説得に時間がかかると思っていた。

放棄なんて認めない、ましてやレティシアと結婚だなんて許せるはずがないと怒鳴られる覚悟で挑んだのだ。

それなのに、王は冷静にこちらの話を聞いた上で、考えてくれると言っている。

「庇ってくださりありがとうございます。とても嬉しかったです」

「俺が我慢がならなかったんだ。君が悪し様に言われるのは耐えられない。……でも、すまない。俺の選択によって、君が悪女のように言われるのは嫌だろう」

「覚悟の上です。悪女と言われても、ヴァージル様と一緒にいられるのであれば、何だって耐えられます」

何も事情を知らない人に何を言われても、レティシアはもう自分の価値を他人の評価に任せたりはしない。

もう昔のレティシアではない。

ヴァージルの愛によって、変わったのだから。

「もし、熟考の結果、ダメだと言われたらどうします?」

「そうなったら国を出るか。母の祖国なんてどうだ？　母から聞いた話でしか知らないが、とてもいいところだそうだ」

「いいですね。行ってみたいです、ヴァージル様のお母様の生まれ故郷」

それかまったく知らないところに行こうか。

ふたりで旅をして回ってもいい。

ふたりはいろんな可能性を語り合いながら屋敷に着いた。

それでもなお話は止まらずに、夢の幅が広がる。

不安はなかった。

神殿から追い出されたときも同じ高揚感を持ったが、今はそれ以上だ。

ヴァージルとであれば、どこまでも行ける。

比喩でもなんでもなく、本当にそう思えた。


――そして一か月後の夜会、レティシアは予想した通りの光景を目にする。

「レティシア様よ。……ヴァージル殿下と一緒ってどういうことかしら」

「あの方、神殿を追い出されたのではなくて？　実家にも帰らずにフラフラしていると聞いていたけれど……まさか、ヴァージル殿下のもとに身を寄せていたのかしら」

「ステファン殿下に捨てられて、すぐにヴァージル殿下に乗り換え？　大人しそうな顔をしてやるわね」

ヴァージルと一緒に現れたレティシアを見て、会場は騒然となった。

一瞬皆口を開くのをやめ、耳が痛いくらいの沈黙が訪れると、レティシアは構わず皆に向けて笑顔を見せる。

ヴァージルもそんなレティシアのこめかみにキスをし、こういうことだと見せつけると、再び大衆は口々に噂話《うわさばなし》をし始めた。

これ見よがしに聞こえてくる話は、どれもレティシアを尻軽女として貶めるものばかりだ。

中にはヴァージル狙いでやってきていた令嬢もいるらしく、明らかに面白くない顔をしている。

さらに、ヴァージルの赤い髪に合わせてつくられたドレスは、いい仲であることを強調しているかのようで、それも助長しているのだろう。

こちらから明言はしていないが、ふたりがどんな仲であるかは一目瞭然だった。

あくまでそれが目的だったので、何を言われても構わないのだが、注目を集めるのはいつになっても苦手だ。

それでも毅然《きぜん》とした態度でいられるのは、ヴァージルがいてくれるからだろう。

何を言われても平気だった。

「これは驚いたね」

案の定、ふたりが並ぶ姿を見たステファンが、含みを持たせた笑いを浮かべて話しかけてきた。

本当なら高笑いをしたいところなのだろう。

それを必死に堪えているせいで、頬がぴくぴく震えているのが見えた。

彼にとって願ってもいない状況のはず。

これでヴァージルは舞台から降りたことが確定し、敵ではなくなったのだから。

「あぁ、この状況は非常に気まずいね。でも私のことは気にしないでくれ。私は心の底から二人を祝福するよ」

今日も表向きの仮面は堅牢《けんろう》だ。

本当に気まずそうな顔をするのだから舌を巻く。

こんなときでも、元婚約者としてレティシアを祝福する心の広い人間を演じるのだからさすがだと拍手をしたくなった。

周りもステファンに同情的な視線を送っているのを見るに、婚約破棄で傷心の王子の顔でいくつもりなのだろう。

まるで、レティシアがステファンを捨てヴァージルに乗り換えたかのようにみせかけて。

だが、ステファンの自尊心を満たすだけの場にはしたくない。

何ごともない顔で立っているのが、こういうときに効くのだと身をもって知っていた。

「お久しぶりですね、ヴァージル様、レティシア」

「ご無沙汰しております、王妃陛下」

主催の国王夫妻に挨拶をしに行くと、王妃が顔を綻ばせながら久しぶりの再会を喜んでくれた。

数年前に他国から嫁いできた若き王妃は、歴代王妃の中でも特に王の寵愛《ちょうあい》を受けていると言われている。

ヴァージルにとっては血の繋がらない義理の母親ではあるが、ステファンよりも良好な関係を築けているようで、彼も王妃ににこやかに挨拶をしていた。

（……以前お会いしたときから比べて、随分と痩せられたように見えるけれど）

気のせいだろうか。

少し心配になる。

「レティシア、肩身の狭い思いをしてしまうかもしれないけれど、私は貴方たちを応援しているわ。愛ゆえの決断を支持します」

「ありがとうございます、王妃様」

王妃が握手を求めてくれたので、レティシアは喜んで手を差し出した。

すると、頭の中に光が差し込む感覚がして目を見開く。

（……これは）

未来を見ている。

そう思った瞬間に、王妃の身体がふらりと横に揺れて、倒れ込む姿が目に飛び込んできた。

眩暈か気を失ったのか。

どちらにせよ突如バランスを崩した王妃は倒れる際に、料理が載せられている木製のテーブルの角に頭を強かにぶつけてしまう。

血を流し床に転がる彼女は、目を開けたまま息絶えていて……。

「レティシア？」

手を握りしめたまま動かなくなったレティシアを心配して、王妃が声をかけてくる。

その声に現実に戻され、まだ生きている王妃を見てはホッと安堵の溜息が出た。

けれども、安心はできない。

あれが今、起きるできごとなのだとしたら、もうすぐ王妃は倒れてしまう。

倒れたときにはすでにこと切れていたのか、それとも頭を打ったことが原因なのか分からない。

後者であれば倒れても大丈夫なように事前に座らせておけばいいが、もし前者であれば一刻も早く侍医を呼ばなければならないだろう。

だが、もしもそれを口にしてしまうと、レティシアがスキルを取り戻したことが知られてしまう。

王は騙《だま》していたことに怒るだろうし、王位継承放棄も、結婚のことも認めてはくれなくなるかもしれない。

誰かの救えるかもしれない命と、自分たちの事情を天秤《てんびん》にかければ……、いやかけるまでもない。

レティシアはヴァージルの方を振り返る。

「……申し訳ございません、ヴァージル様」

彼の目が見開いたのが見えた。

「陛下、どうか今すぐに侍医をお呼びください。一刻も早くです」

「なにごとだ、レティシア」

急に突飛なことを言い出すレティシアに、王は怪訝な顔をする。

だが、ヴァージルは何故レティシアが謝ったのか、何故王にそんなことを言ったのかを瞬時に察したらしい。

駆け寄って何をすればいいのか聞いてきた。

「ヴァージル様、すぐにでも王妃様をどこか休める場所に」

「分かった」

彼は周りの人間に椅子を持ってくるように命じ、王妃をそちらに誘導してくれている。

ついでに侍医を呼ぶようにとも命じてくれて、一気に辺りは騒然とし始めた。

「いったいどういうことだ、レティシア。説明しろ」

王に問い詰められたレティシアは、意を決して口を開く。

「お騒がせして、申し訳ございません。陛下、このあと王妃様は何らかのご病気で倒れられます。その際にテーブルに頭を打ち付け、血を流すという惨事に見舞われるために、それを防ぐための措置を取らせていただきました」

「……レティシア……まさか、お前、スキルが……」

王の顔が見る見るうちに驚愕の色に染まっていったが、レティシアはそれに怯むことなく話を進めた。

今はスキルのことよりも優先すべきことがある。

「病気のせいなのか、それとも頭を打ち付けたせいなのか私には分かりませんでした。ですが王妃様は命を落とされる可能性があります。どうか、今すぐにでも侍医に診せてください」

今は原因が分かるまで一刻の猶予もないのだと、レティシアは懸命に訴える。

王も、今は王妃の命が優先だと頭を切り替え、周囲の野次馬《やじうま》を遠ざけておくように兵士たちに命令し、王妃の側に駆け寄った。

幸いにも侍医はすぐに駆けつけてくれて、王妃をその場で診てくれる。

会場は騒然としていた。

その頃には王妃は体調が悪くなったのか、王に凭《もた》れ掛かかり、立つのも難しいほどになっていた。

「貧血でしょう。それと疲れもあるようですな」

侍医が言うには命に係《かか》わる病気などではないとのこと。

もしかすると相当前から具合が悪かったのかもしれない。それを押して立ち続けていたせいで、一気に悪化してレティシアが見た未来では倒れてしまったのだろう。

そして頭を打ち付けて絶命した。

そんな未来だったのだ。

最悪な未来を防げたことにホッと胸を撫で下ろす。

ヴァージルの方を見ると、彼も大きく頷き王妃が無事であることを喜んでくれていたようだ。

先に部屋に王妃を運んで休むように王は指示をし、皆、王妃の体調を案じつつも夜会は通常に戻ろうとしていた。

だが、レティシアたちはよかったと笑顔で戻るわけにはいかない。

神妙な顔をした王がこちらを見ていた。

「王妃の命を救ってくれたこと、感謝している。……だが、説明してくれないか、レティシア。お前はスキルを失ったのではなかったのか？」

王妃の無事に安堵し、レティシアに感謝をしながらも、やはり諸手《もろて》を挙げて喜べないのだろう。

王は戸惑いながらもレティシアに問うてきた。

「黙っていて、申し訳ございません」

レティシアは深々と頭を下げて謝罪をする。

何をどう説明したらいいものかと考えあぐねていると、スッと王との間にヴァージルが入ってきた。

「これに関しては俺が説明します」

彼が王と対峙して、レティシアの代わりに説明をしようとしてくれていた。

おそらく、責めをひとりで負うつもりなのだろう。

そんなことはさせられないと、ヴァージルの腕に手を添えて、首を横に振る。

庇われるのではなく、ともに負いたいと隣に並んだ。

ところが説明を始める前に、邪魔が入る。

「……私を騙したのか？　レティシア」

ステファンだ。

いつの間にかこちらにやってきて、ことのあらましを把握したらしい。

レティシアがスキルを使ったと聞いて、ショックを受けた顔で立ち尽くしていた。

もちろんそれは表向きで、内心怒りでいっぱいなのだろう。

人がいなければ感情のままに怒鳴りつけていたに違いない。

その証拠に、握り締めた手に力が入りすぎて真っ白になっている。

「ステファン、まずは陛下に説明をするところだ」

「君もグルだったのか！　ヴァージル！　彼女が欲しいがために私を騙して！」

「——大人しく説明を聞けと言ったのが分からなかったのか？」

喚《わめ》くステファンを、ヴァージルは威圧感と鋭い睨みをもって黙らせる。

さすがのステファンも、気迫ある姿に気圧され、さらにヴァージルの言う通り、王を差し置いてどうのこうのと詰問するのは立場上よろしくないと判断したようだ。

渋々ながら一旦引き下がった。

「陛下、私はたしかに一度スキルを失いました。それに関して嘘偽りはございません。ただ、ヴァージル様と再会したあと、スキルは徐々に戻りつつあります」

半年頑張って取り戻そうとしたものの、どうやっても無理だったのはたしかだった。

しかし、不安定ながらもスキルを徐々に取り戻しつつある。

それを黙っていたことを謝罪したいと、レティシアは頭を下げた。

「これに関しては俺がレティシアに黙っているようにお願いをしました。俺が何者かに襲撃を受けるという未来を見たため、もしもスキルが戻ったことが公になれば、彼女にも累が及ぶことを懸念してのことです」

　実際にヴァージルは暗殺者に狙われている。

　王はそれを思い出したのだろうか、息を呑み眉根を寄せた。

「陛下にも報告せずにいたのは、貴方が公平な方だと知っているからです。きっとレティシアのスキルを隠し通すことをよしとはしてくれないでしょう。もしかすると、ステファンとの婚約破棄すらなかったことになってしまうかもしれない」

　王は感情よりも、合理的な面を見て判断する人だ。

　国のために、よりよい判断を。

　それが自分たちにとっていい判断になるとは限らない。

　しかも命令されれば、自分たちは逆らうことはできないだろうとヴァージルは説明する。

「もしも彼女を失うくらいなら、俺は王位を捨てる。その覚悟でレティシアを愛しぬくと決めました」

　欺くつもりはなかった。

　ただ、ふたりの身の安全を考えてそう決断したことだと。

「……理解はできないかもしれません。もちろん、お怒りなのも重々承知です。ですがもう、俺たちは八年間を失った。これ以上は何も奪われたくない」

　ヴァージルの切実な言葉に、横で聞いていたレティシアは胸が熱くなった。

「私も同じ想いでおります、陛下。たしかに黙っていたのは身勝手ではありました。ですが、それでも、地位や名誉よりもたったひとりの人と愛し合う幸せを守りたかったのです」

それも結局レティシアがスキルを使ったことで台無しになってしまったが。

だが、後悔はない。

何にしても、守るべきものを最優先してきた結果が今なのだから。

「……なるほど、お前たちの事情は分かった。それを踏まえて、あとで話し合いの場を設けよう。ここでは目立つ」

「寛大なお言葉、感謝いたします」

とにかくこの場は丸く収まりそうだと、安堵の溜息を吐く。

だが、やはりここで黙っていられなかったステファンがしゃしゃり出てきた。

「騙されてはいけません！　陛下！　私はこのふたりに騙されたのです！　おそらくスキルが消えたこと自体嘘だったのでしょう！　私を裏切り、ヴァージルと画策して芝居を打ったのですよ！」

そうに違いないとステファンは声高に嘆く。

自分は被害者であると。

「私はレティシアが『スキルを失った自分ではお役に立てないでしょう。私の方から婚約破棄を申し出ます』と言ってきたから、泣く泣くこの国の未来を思って手放したというのに、そんな勝手が許されますか！」

彼の言葉を聞いているうちに、レティシアの中で何かが切れた音がした。

「……泣く泣くですって？」

さんざんヴァージルに見せつけるために仲のいい演技をさせてきた彼が、人を嘘つき呼ばわりすることも腹が立つが、何より被害者面をしていることが解せない。

今まで、涙も優しさも思いやりすら見せず、好き勝手をしてきたのはそちらの方だろう。

「言わせていただきますが、私がスキルを失ったと話したとき、ステファン様は『お前にスキル以外の取り柄なんか何ひとつないのだから、今すぐにでも取り戻せ。スキルなしのお前と結婚するなんてごめんだ』と怒鳴りつけたことはもうお忘れなのでしょうか」

「な！」

「そのあとも、何度も何度も私を役立たず呼ばわりしては、苛立てば私を突き飛ばし、床に無様に転がる私を見て『本来のお前はそういうのが似合うのに、私が拾ってやったおかげで今の暮らしがあるんだぞ？』と恩着せがましいことをおっしゃったことも？」

静かに怒りがふつふつと蘇ってくる。

暴露したい悪事は次から次へと出てきた。

この八年間、顔を突き合わせれば『お前がもっといい女だったら』『お前なんか結婚したら、スキルを使う以外では部屋に閉じ込めておくからな』『俺に尽くせない女は存在する意味がない』『お前なんかを愛するわけがないだろう。婚約者に選んでやっただけでも涙を流して感謝してもらいたいくら

いだ』とレティシアを責めてきた。

まるで、レティシアのスキル以外を否定するように。

つらつらと並び立てていると、周りは唖然とし、中にはステファンを見て嫌悪の表情を浮かべる人たちもいた。

王もそのひとりだ。

自分の立場が危うくなったと分かったステファンは、顔を真っ赤にして震え始める。

「う、嘘だ！　やめろ！　今さらそんな嘘を吐くのは！」

徐々に化けの皮が剥《は》がれてきた彼は、興奮して普段は見せない裏の顔を覗かせてきた。

「いいえ、嘘ではありません。陛下の前ではお利口にしていたようですが、ステファン様の裏でのやりようを知っている方はいらっしゃるのでは？」

レティシアの言葉に、数人が気まずそうに目を泳がせていた。

特に兵士や使用人が多く、彼のやりようが窺える。

「そもそも、私がスキルを失った原因の一端は、おそらくステファン様によって与えられたストレスです」

「何を根拠にそんなことを言う！　原因は分からなかっただろう！」

「そうですね。原因は分かりませんでしたが、それでもスキルを失ったときのことははっきりと覚えています。……こそこそとステファン様が神官長様と、結婚後は私のスキルを使っていろんな人たちから金を巻き上げようと話していた日です。その日から私はスキルを使えなくなりました」

そこかしこで悲鳴のようなものが聞こえてきた。

初めて口にする真実に、レティシア以外の誰もが驚きの顔を見せている。

まさか、清廉潔白であるべき神官長が金儲《かねもう》けに走るなんて、と。

「神官長はお金を、ステファン様は私のスキルを使って権力をさらに強める算段を。王家と神殿が手を組めばそれは容易でしょう」

神殿は王家には干渉しない。

それが慣例だ。

もし、その禁を犯してその二つが結託すれば、いつしか神殿に王家が操られる可能性も出てくるからだ。

だからこそ、神官長とステファンがそんなことを話し合うこと自体許されない。

しかも、スキルを悪用しようだなんて、神の教えに反する行い。

これぱかりはあまりにもおぞましくて、ヴァージルに話すのも憚られる内容だった。

できればそこまでみじめであった自分を知られたくない気持ちもあったのだ。

けれども、このままではステファンにいちゃもんをつけられて、ヴァージルの立場が悪くなってしまう。

「私は、ふたりにとっては道具でしかありませんでした」

こういうときに限って口が回る男なのだ、ステファンという人は。

だからこそ、言い逃れできないように最後の切り札を出した。

「私はそこまで人間としての尊厳を奪われてしまうのかと絶望し、こんなことならスキルなどなければいいのにと願いました。神はその願いを叶えてくれたのでしょう」

だからこそ、レティシアは自覚していた。

スキルは抑圧された心によって、しまい込まれてしまったのだと。

「逆にヴァージル様と出会ってスキルが戻ったのは、彼が私を慈しんでくださるからです。再び人間に戻し、あるがままに生きていいとおっしゃってくださったから」

だから、また未来を見ることができ、ヴァージルを救うことができた。

偶然ではない、必然だったのだ。

「だから、私は騙したのではなく、ステファン様や神殿から解放されたおかげで抑圧された心とスキルを取り戻しただけです。決してステファン様に非難されることはしておりません」

きっと、こんな堂々とした態度を取るレティシアを見たのは初めてだろう。

王もステファンも、そして周りの人間も唖然としていた。

たったひとり、誇らしげにこちらを見つめる人がいる。

もちろん、レティシアの愛する人だ。

「……わ、私は絶対に許さないからな！　私が王になったあかつきにはお前たちを……！」

「やめないか、ステファン」

ぷるぷると震えながらなおも吠《ほ》えようとするステファンを、王がぴしゃりと諌《いさ》める。

すると途端に大人しくなり、視線を泳がせた。

「お前は大人になって少しは落ち着いたのかと安堵していたが、ずる賢くなっただけだったのだな。私の見えないところで、仮にも自分の婚約者にそんな暴言を吐いていたとは」

情けないばかりだというように、失望の色を現した。

ステファンの顔色が失われていく。

「お前が王になったとしても、やはり不安が残る故、ヴァージルの力を借りこの国を支えていってほしいと願っていたが……どうやらそれも考え直さないといけないようだ」

「ど、どういうことですか！」

含みを持たせた言い方に、ステファンは真意を知ろうと王に縋ったが、袖にされてしまう。

代わりに王はこちらにやってきて、ヴァージルに告げてきた。

「ヴァージル、こうなってしまった以上、先日の件は私も考えなければならない」

「分かりました」

それはそうだろう。

どんな形であれ、レティシアたちは王に虚偽の報告をしていたのだから、先日下された決定は変わってくる。

もしかしたら結婚の許しも取り消されるかもしれない。

「そんな顔をするな、妻の恩人に対し悪いようにはしない。お前たちの望みはしっかりと叶えるつもりだ。そのうえで、改めて決定したい」

後日、また招集するので、そこで話をしようと王は言う。

そして最後に、レティシアに向かって、王の顔ではなくひとりの夫としてお礼を言ってきたのだ。

「また妻を喪うところだった。……秘密を晒してまで妻を救ってくれたこと、心の底から感謝している」

王妃の体調が気がかりなのか、王は夜会を早めに切り上げていった。

当然、ステファンの婚約者選定も上手くいくはずがなく、宴はしめやかに締めくくられることになる。

終わってみれば、嵐のような夜会だった。

帰りの馬車の中で起こったできごとを頭の中で反芻《はんすう》し、自分がしでかしてしまったことに頭を抱える。

公表して、あとはふたりで穏やかな日々を過ごせるかと思ったが、王の口ぶりではそうはいかないらしい。

すべて自業自得とはいえ、これからを考えると今後どうなっていくのかと不安になってきた。

「申し訳ございませんでした、ヴァージル様。ふたりで秘密にしようと決めていたのに、勝手に明かすような真似をしてしまって」

「何を謝る必要がある。王妃を救ったんだ、それをどうか謝るのではなく、誇らしく思ってほしい」

それでも迷惑をかけたことには変わりない。

緊急のこととはいえ、もっとうまくできればよかったのにとシュンと肩を落とした。

「ステファンに言っていた、金儲け云々の話だが……」

「黙っていて申し訳ございません。あまりにも惨めな話でしたし、私も忘れたかったので。けれど、勢い余って言ってしまいました……あっ」

苦笑いを浮かべていると、ヴァージルがレティシアの身体を強く抱き締めてきた。

肩口に顔を埋め、まるで自分の中に閉じ込めるように。

「黙っていたことはいいんだ。それだけレティシアが傷ついていたという証拠だ。……むしろそんな傷を負う前に助け出せなかったのかと、今さらながらに悔やんでいる」

「ですが、ヴァージル様は私たちが上手くいっていると思わされていたわけですし、私も隠しておりました。仕方なかったと思います。私自身も自分を救おうとしていませんでしたから」

当時は何もかもが麻痺していて、助けを求めることすら考えられなかった。

「傷がついていても癒やせる。失ったものも取り戻せる。私にそう教えてくださったのは、ヴァージル様です。貴方が私を癒やしてくださったから、ああやって皆の前で話せたのですよ」

そうでなければきっとあんな風には話せていなかった。

口にできたのは、自分がスキルだけの人間ではないとヴァージルに教えてもらったからだ。

「これからもいくらでも教えてやる。君は幸せになるべき人間なんだということを」

ヴァージルの優しいキスが顔じゅうに降り注ぐ。

この一瞬一瞬がすでに幸せだと思えるようになったレティシアは、果報者なのだろう。

「私、貴方がこうやって抱き締めてくださる限り、どんなことがあっても幸せなのだと思います。私も、ヴァージル様にこんな幸せをあげたい」

「なら、レティシアの方から俺を抱き締めてくれ。俺もそれだけで幸せを感じる身体になってしまったみたいだ」

ならば、めいいっぱい抱き締めるしかない。

レティシアは懸命に両手を広げて、ヴァージルの身体に抱き着く。

抱き着くというより、しがみつく感じになってしまったが、顔を見合わせて笑いあった。

間違いなく、互いに幸せを感じるときだっただろう。

「ですが、まさかあそこでスキルが発動するとは思いませんでした」

「やはりまだ不安定な部分もあるのかもしれないな」

「そうなると修行のし直しでしょうか……」

頭に浮かんだのは神殿のことだ。

その辺りの知識は神殿が一括して持っている。

スキル自体、神が選ばれしものに遣わした祝福と考えており、その祝福を活《い》かすために自分たちはいるのだと説く場所でもあった。

故に昔からスキルに関することは神殿が関知してくる。

レティシアのスキル復活は神官長の耳にも入るだろう。

もう一度修行をするためにと、神殿に連れ帰ろうとする可能性は高い。

「大丈夫だ。もう二度と神殿には介入させない。もちろん神官長にもな」

「本当ですか？」

「ああ。もともとそのつもりはなかったが、今日の君の話を聞いてさらにそう強く思うようになった。

——俺を殺そうとした貴族の話を覚えているか？」

レティシアは頷いた。

もちろん、覚えている。

毒婦を雇い、ヴァージルを殺させようとした人だ。

その際、ステファンの手下が城への侵入を手引きしたが、ステファンの関与は一切否定していて、黒幕はステファンという説が証明されなかった。

「貴族の取り調べをしていたとき、彼が一度だけ神官長の名前を言いかけたことがある。そのときは言い間違えたと言っていたが、今考えればステファンと神官長が繋がっていたのであれば、俺の暗殺計画に神官長が噛《か》んでいた可能性もある」

「神官長様が……。でも、どうしてヴァージル様を」

「さぁな。ステファンにおもねってのことか、それとも他に意図があるのか」

真意のほどは分からないが、その可能性はおおいにあると踏んでいいとヴァージルは言う。

レティシアもその話を聞くと、何となく今まで点と点だったものが徐々に線になっていくような気がした。

神官長は、実に恐ろしい人だ。

物腰が柔らかそうな顔をし、丁寧な物言いをするが、その実狡猾《こうかつ》で冷徹で残忍。

神殿にいたころ、レティシアは彼がときおり見せる冷たい視線が怖くて仕方がなかった。

まるで、心が凍り付いてしまうようだった。

「どちらにせよ、神殿は俺がこれから潰すからな。もう君に手出しはさせないさ」

「えぇ⁉」

どういうことですか？　と慌てて聞き返したが、ヴァージルは「そのうち分かる」と言って答えてはくれなかった。


数日後、城に再度招集され、再び王と対峙することになった。

既視感を覚える光景だが、今回は不思議と緊張はしていない。

何となく何を言われるか予想ができているからだろう。

未来を見るまでもなく分かってしまう。

「ヴァージル、お前の王位継承権放棄の件だが、ああなってしまった以上、やはり放棄を認めるわけにはいかない」

やはり、こういう話になってしまうかと、レティシアは眉根を寄せた。

王曰く、夜会の一件以来、ステファンの評判が下がりに下がっているらしい。

レティシアが暴露したことで、他にもステファンに密かに虐げられてきた人たちが名乗り出てきた。

さらに貴族たちからも、このままステファンを次期国王に据えるのは不安だという声が聞こえてきている。

「私自身、ステファンには失望している。あそこまで愚かだったとは。結局、私もステファンが被っていた仮面に騙された愚か者だったわけだが……」

どうやら、レティシアとの婚約破棄も、レティシアの方から身を引くと言われたのだとステファンに吹き込まれていたらしく、それもあって許可したとのこと。

おそらく、ステファンの独断で言っているのであれば、あそこまで簡単に認めなかっただろうと。

だから、そんなレティシアが、今度はヴァージルの婚約者候補として現れたとき、これはもしかしてレティシアにいっぱい食わされたのかと疑ったが、ふたりの話を聞いて違うことに気付く。

もしかしたら、ステファンの方が奪っていたのかもしれないと。

「あれはヴァージルに劣らず優秀ではあるし、ずる賢さもときには政治には必要だが、いかんせん著しく信用を失っている。ステファンに王位を継がせることは難しい」

「それで俺を候補として残しておきたいと、そういうことですね」

「いや、ことはそう簡単ではない」

曰く、ヴァージルの暗殺を目論んだとされている貴族が、ステファンの失墜を知るや否や彼の名前を出し始めたらしい。

今まで証拠がなく、ステファンの関与を疑っても罪を問うことはできなかったが、貴族の証言でヴァージル暗殺未遂の黒幕としてステファンを問い詰めることができる。

そういう意味でも、ステファンを王位に就かせることに納得できない人間が増えるだろうと言うのだ。

さらに、王はレティシアを見る。

「レティシアがスキルを取り戻し、さらにその力を見せたことで、この国に必要不可欠だという声が多方から上がってきている。しかも失ってまた取り戻した、これぞ奇跡の力だと」

未来視のスキルを使っているところを、これまであんな大勢がいる場で見せたことはなかった。

人は、奇跡を信じたがる。

今までスキルを取り戻した人間はほとんどいないと言っていいほどに稀《まれ》だったので、なおさらレティシアのスキルの神秘性が高まった。

「それに、神殿からもレティシアの返還要求が来ている」

「返還要求？　何を今さら。スキルを失くして早々、レティシアを追い出したところが」

神殿と言われた途端、レティシアの背中に悪寒が走る。

そして、ちぎれんばかりに首を横に振った。

「神殿だけは嫌です！　あそこには戻さないでください！」

「俺も神殿だけには、レティシアを渡せません。あそこは、彼女を長年虐げてきた」

ほぼ同時にふたりで拒絶の言葉を口にする。

あそこに戻るくらいなら、そのまま外に放り出された方がまだマシだ。

「だが、このままレティシアを離宮に置いておくのは危険だ。いつなんどき狙われるか分からない」

離宮よりも城の方が守りは堅牢《けんろう》だ。

神殿もそうだ。

警備は厳重だし、もともと希少なスキル保持者を保護する施設でもある。

その手の備えは申し分ないだろう。

だが、どうしても神殿に戻るという選択肢を取ることができず、レティシアは再び首を横に振った。

「……あそこだけは……どうしても……」

「ならば、この城に留まるしかあるまい」

つまり、レティシアには、城か神殿かどちらかしか居住を許されず、ヴァージルと離宮に住むことは許されない。

そしてヴァージルも選択を迫られた。

「ヴァージル、お前がレティシアとの結婚を望むのであれば、王になるしかない。知っての通り、王位を継げなかった王子は離宮に行くか、それとも他に居住を構えるかどちらかだ。王にならなければレティシアとともに住むことも叶わなくなる」

レティシアはヴァージルと顔を見合った。

戸惑いの目を向けると、彼はしばし考え、再度王の方に向く。

「つまり俺に放棄するなと言ったのは、レティシアと結婚する手立てがこれしかなくなったからですか」

「お前が放棄するのであれば、それこそレティシアはステファンの婚約者に逆戻りだ」

「ご冗談でしょう?」

「笑えない冗談は言わない」

さて、どうする？　と王にいくつかの道が示され、選べと言われる。

だが、実際選べる道はひとつだ。

ヴァージルは、レティシアに視線を戻し、手を握り締めてくる。

「俺は君といたい。その気持ちは変わらない。レティシアもそうだろう?」

「もちろんです」

「なら、答えは決まっているが、いいだろうか。……ここに住むとステファンと顔を突き合わせることもあるかもしれないし、嫌な思いをすることもあるだろう。ようやくストレス源から逃れてきたのに……」

「ヴァージル様も見ましたでしょう？　私、ステファン様に立ち向かえるくらいになったのです。それに、貴方と離れるくらいなら、多少の苦労は買ってでもします」

以前と同じではない。

レティシアは変わっていったのだと、自信を持って言える。

「お任せください、ヴァージル様。私が貴方を伴侶としてお支えします。それが私の夢であり、最大の幸せですから」

「君は頼もしいな」

大丈夫、きっと上手くいく。

ヴァージルの背中をそっと押すと、彼も腹が決まった顔をして頷いた。

「陛下、王位継承権の放棄を取りやめ、今一度戦いの舞台に舞い戻ろうと思います。国を任せられる男になれるよう、精いっぱい邁進《まいしん》してまいります」

深々と頭を下げ、王に宣言する。

王は満足そうに大きく頷いていた。

「以前はたしかにステファンのスキルの方が上だったが、今はそうでもないのではないか？　真価を発揮すれば、何者にも勝る大いなる力となるだろう。今のお前なら、真の力も出せるはずだ」

「俺もそう思います」

「期待しているぞ、ヴァージル」

離宮に帰って落ち着いたころ、ふとあの日みた夢のことを思い出した。

ヴァージルが王に指名されて、レティシアもその場にいて、ともに喜んで。それが、スキルが見せた未来なのか夢なのか判別ができなかった。

けれども、再びヴァージルが王位継承争いに参加することにより、彼が王になる可能性が見えてきた。

やはりただの夢ではなかったのかもしれない。

「どうかしたか？　レティシア」

窓から夜空を見上げているレティシアに、ヴァージルが後ろから声をかけてくる。

振り向くと、窓枠に手をつき、レティシアの身体を後ろから包み込むようにしてこちらを見下ろしていた。

「いいえ、さすがに夜はオパール色の蝶は見えないなと思いまして」

「夜に蝶は飛ばないんじゃないか？」

「そうですか。月明かりの下で見たら、もっと綺麗かと思ったのですが……」

どうやら蝶も人間と同じく夜には寝静まるようだ。

「城に戻ったら、またふたりでオパール色の蝶を探しに行こうか」

「いいですね。あ！　そういえば、私、もうすでにオパール色の蝶を見つけてしまったんです。本当に偶然ですが」

スキルテスト直前のできごとを話す。

そこまで時間は経っていないはずなのに遠い昔のように思えるのは、あの日からの人生がとても濃いものだったからだろう。

「私の願いごとはあそこでヴァージル様に再会したことで叶いました。だから、次見つけたときは、一緒にヴァージル様の願いが叶うようにお祈りしますね」

「俺の願いはほぼ叶ったようなものだけれど……そうだな、一緒にお願いをしてみよう。王になって君と無事に結婚できるようにと」

ふたりで願えばどんな願いごとも叶えてくれる。

レティシアは、またオパール色の蝶が現れてくれないかとワクワクしていた。

第五章

「初めまして、フリア・ランティスと申します。レティシア様のスキルの修行を担当させていただくことになりました」

眼鏡をかけ神官服を着た女性にそう挨拶されたのは、レティシアが城に移り住んですぐのことだ。

神殿に行くことを拒んだので、かわりに城で指導を受けることになり、それに伴い派遣された指導官がフリアだった。

神殿に住んでいた頃は、神官長がそれを担ってくれていたのだが、今回は別の人が担当してくれることになった。

彼女は、神官でありながら学者でもある人だ。

主にスキルについての研究をしており、どのように増幅させるか、制御できるかを追究しているのだという。

フリアが提示する修行は、彼女自身が研究し理論に基づいたものであり、神官長のように精神や信仰に準じたものではない。

しかも、ヴァージルの監視下で修業は行われるため、昔のように修行と称した理不尽な説教や折檻《せっかん》はない。

心の底から納得できる修行でもあった。

加えて、一度見送りになっていた花嫁修業も行っている。

王妃になるための勉強やマナー講座、社交界に必要となってくるダンスにお茶や刺繍の練習まで、やることはたくさんあった。

本来ならレティシアが十八歳になったと同時に行われるものだったのだが、いかんせんその頃はスキル消失の真っ最中。

花嫁修業どころではなく、中断していたのだ。

それを城にやってきたのを機に始めることになった。

大変ではあるが、ヴァージルの妻になるためだと思ったら、楽しんでやれている自分がいる。

一方、ヴァージルも忙しく日々を送っている。

今までちょくちょく政治に参加し、王に任せられた政策を担当していたが、今度は自分から政策案をひねり出し、王に提示し、認められればヴァージル主導で取り仕切る、と実践的なことを始めている。

彼にどんなことをするのかと聞いてみたところ、にこりと微笑んで教えてくれた。

「神殿の内部改革」

その提案はすでに王に認可されており、さっそく動き出していた。

「レティシアが言っていた、神官長も絡んだスキルを使った金儲け発言。あれをきっかけに貴族たちから預けている子どもたちがどうなっているか心配だという相談が増えてきているんだ」

スキル判定儀式で貴重なスキルの持ち主だと判明した場合、神殿預かりになるか、それを拒否して今のレティシアのように神官を派遣してもらって、修行を重ねるかどちらかだ。

前者の場合は、嫡男以外の男児が多い。

嫡男は跡継ぎとして手元に置いておきたいと願う親は多く、それ以外は神殿に預けて、将来的に家の役に立ってもらえるような力を養うのだ。

後者は、嫡男と女児に多い。

女児を神殿に預けないのは、ヴァージルのようにスキル判定儀式の際に婚約者を決めなかった王子に、夜会で見初められることを期待して手元に置いて修行させるためだ。

そうでなくとも、嫁ぎ先を決めるのは神殿に預けたままでは難しく、嫌がる貴族は少なくない。

レティシアの場合は特殊で、嫁ぎ先も決まっており、両親も賛成したので神殿に預けられた。

なので、今神殿にいる子どもたちは男児ばかりだ。

なかなか会いに行くことも許されない中、レティシアの口からあんなことを聞けば不安になるのは当然だった。

「加えて、神官長への疑惑も深まっている。神殿への寄付の横領、子どもたちへの虐待、スキルを悪用した金儲け。以前から証拠はもろもろ集めていたので、逮捕も目前だろう」

「以前から？」

動き出したのはつい先日ではないのかと聞くと、ヴァージルは実はもっと前から動いていたことを教えてくれた。

「レティシアから神殿のやりようを聞いて、俺なりに神官長の責任を問えないかと模索していたんだ。……いつかあいつをクビに追いこんでやると決めて」

後半、声が低くなって怖いくらいの凄みを感じる。

どうやらヴァージルはレティシアが受けてきた行いに腹を立てていたらしく、報復の機会を窺っていたようだ。

「クビどころか処罰もありえそうだな。いくら神殿が不可侵の領域といえども、不祥事があればそうは言っていられない。今回のことを糸口に神殿の腐敗を一掃し、神殿の在り方自体を見直すつもりだ」

閉鎖的な神殿を変えていき、もっと安心して子どもを預けられる場所に変えていく。

ヴァージルが目指すところは、レティシアも長年願ってやまないものだった。

「私も含め、子どもたちは十歳から神殿で行われていることは神聖なものであり、他言してはいけないと躾《しつ》けられ、大人になっても口にすることができずにいます。だから、誰かがこうして動いてくれるのは、皆嬉しいと思っているはずです」

声を上げられずに苦しむ子どもたちが少しでもいなくなるように、ヴァージルの改革の成功を願わずにはいられなかった。

この他にも精力的に政策案を出しているようで、大忙しだ。

「こんなに案を持っていたのに、本当に今まで王になるつもりはなかったのですか?」

理由は分かっているが、それでも聞かずにはいられなかった。

今のヴァージルは生き生きとして見える。

「以前は王になるためには、君以外の伴侶を見つけなければならなかったからな。一生叶いそうにないものだった。それに、王にならずとも政策案は進言できる。それが採用されるかは別として」

だから、以前は自分ができうる力をもって、王になったステファンを、何より王妃になったレティシアを支えようとしていた。

だが今、自分の立場は変わった。

本当に欲しいと願っていた愛するレティシアを手に入れて、さらに王になるために動いている。

気合の入り方が違うと。

「鍛錬と一緒だ。目標が定まればそれに向かってひた走る。妥協ではなく、明確な目標が決まった今、俺は走るのが楽しいよ」

「私も楽しいです」

ふたりでひとつの目標に向かって突き進んでいるような気がして、今までとは心持ちが違う。

こんなにも未来に向かって進むのが楽しみだと思えるなんて、初めてだった。

「そういえば、先日君の兄のサイモンがステファンを訪ねてきたという報告が入ってきている。奴は今謹慎中だから会えなかったみたいだが……それについて何か心当たりはないか?」

思い出したかのように言ってきたヴァージルの言葉に、レティシアはぎくりと身体が固まった。

気まずさに目が泳ぐ。

「……数日前に兄から手紙が届きました」

スキルを取り戻したことをどこかで聞きつけたのだろう。

レティシア宛てにやってきた手紙を見たときは、昔を思い出して一瞬捨てようかと迷った。

以前寄越してきた手紙には、スキルを失ったレティシアを責める言葉ばかりが並べ立てられていて、もらって嬉しい手紙ではなかったのを思い出したのだ。

今回も罵詈雑言《ばりぞうごん》が並んでいるのかと渋々開いたところ、会って話がしたいという旨が書いてあった。

「会うのか？」

「迷っています。どんな用事なのか見えてこないですし、兄は私にとって積極的に会いに行きたい人でもありませんので」

神殿を追い出されたときも帰ってくるなと言われたし、レティシアも帰るつもりもなかった。

そのくらい仲が悪い。

「無理はしなくてもいいだろう。それに、ステファンと会いたがっていた理由も気になる」

「そうですね」

「どうしてもしつこいようなら、俺も一緒に立ち会おう」

何かあれば側にいて守ってくれる。

ヴァージルが一緒にいようと言ってくれると、不思議と心が軽くなって、億劫《おっくう》な気持ちも晴れていく。魔法のようだ。

「ありがとうございます」

いつもこの幸せな魔法をかけてくれるヴァージルの頬にキスをすると、彼は嬉しそうに微笑んだ。

「ちなみにステファンは今もまだ、俺たちが城に住まうことに納得していないらしい。陛下に俺たちに騙されたとまだ訴えていると。今自分がこうなったのも俺たちのせいだと主張している」

「どうしても私たちを悪者にしたいようですね」

そうやって生きてきた人なので、そういうやり口しか知らないのだろう。

周りからも遠巻きにされているステファンに、現在味方と言える人は少ない。

だからこそ、サイモンに会っていたことがどうしても気にかかった。

「……レティシア、今日の予定は？」

「今日はこのあと特に予定はなく、お休みなのですけど」

「それはちょうどよかった。俺もこのあと時間が空いている」

だからヴァージルの部屋にやってきたのだと言おうとしたところで、彼に抱き上げられる。

そして向かい合わせの体勢になるようにレティシアを自分の膝の上に座らせて、胸元にあるドレスの紐を口で引っ張って解いてきた。

「ずっとレティシアが足りなくて干からびそうなんだ。少し、俺を潤していってくれないか」

「……足りないのは私も同じです」

しゅるしゅると解けていくリボンを見て、ドキドキと胸を高鳴らせる。

今日のドレスは前に紐が編み込まれているタイプのもので、それが解かれると下着が露《あら》わになってきた。

レティシアは自分の胸を見下ろし、軽く触ってみる。

「……以前は貧相でしたが、ヴァージル様が何でも食べていいとおっしゃってくれて、本当にいろんな食べ物を口にするようになってから、身体も肉付きがよくなりました」

初めて身体を重ねたとき、胸もなくてあばらも浮いた貧相な自分の身体が恥ずかしかった。

ヴァージルは綺麗だと褒めてくれたが、もっと女性らしい身体つきになりたくて肉付きをよくしなくてはと思っていたのだ。

「どうですか？　私、胸、少しは……大きくなった、でしょう？」

こんなことを聞くのは恥ずかしさもあったが、やはりヴァージルに聞いてみたかった。

少しは触り心地もよくなったはずだからと、彼の手を取って、自分の胸に押し当てた。

すると、ヴァージルは顔にもう片方の手を当てて天を仰ぐ。

「……レティシア……そんな大胆なことを突然されると……俺も心の準備とか、理性が……」

「……だ、ダメでした？」

「……いいや、ダメじゃない」

顔をもとに戻した彼は下着を捲《まく》り上げて、今度はふくよかになった胸に埋めてくる。

まだまだ他の女性のふくよかさには及ばないが、それでも興奮してくれるだろうかと彼の真っ赤な髪の毛を見下ろした。

ちゅ……と乳房に吸い付かれ、甘噛みされる。

その柔らかさを堪能するように、歯先を軽く食い込ませていた。

「本当だ。ますます煽情《せんじょう》的な身体になってきた」

「……ンんぅ」

乳首もクリっと指先で摘ままれ、レティシアは甘い声を上げる。

「やはり大きな胸の方がいいですよね」

「レティシアの身体であれば、どんな大きさだって俺は好きだけれど……そうだな、こちらの方が『俺が育てた』って感じがする。それだけ君が健康的な身体になった証拠だから」

とうとう、胸の頂も口の中に含まれて、甘噛みされてしまった。

「……はぁうっ……あっ……ンぁ……あぁっ」

もう片方の胸は円を描くように大きく揉みしだかれ、レティシアの胸はヴァージルに思う存分味わわれる。

じゅう……と硬くしこった乳頭を吸われると腰が浮き、ざらざらとした舌でねっとりと舐られると子宮が切なく啼く。

自分が育てたことを証明するかのように口づけの痕も残され、それが増えるたびにレティシアの身体は高揚していった。

胸を弄られているだけなのに蜜が滴る。

その先を期待して準備してしまっているのだ。

はしたなさを恥じながら、それでも興奮している自分がいた。

「胸だけでいいのか？」

「……え？」

「もっと俺に可愛がってほしいところは？」

──あるんじゃないか？

暗にそう聞かれて、ウッと言葉を詰まらせる。

もちろんあるにはあるが、そこまで大胆なことを言ってもいいのかと躊躇《ためら》っていると、ヴァージルは疼く腰に手を這わせてきた。

「レティシア？」

教えてくれないのか？　と催促され、おずおずと口を開いた。

「……下も……触ってほしいです」

かぁ……と顔に火が点《つ》いたように熱くなる。

「触るだけで満足できそうか？　俺は、もっと君の深いところに触れたい」

頬にキスをされ、耳も同じように食まれる。

耳でも感じてしまったレティシアはびくりと肩を震わせると、ヴァージルが追い打ちをかけてきた。

「レティシアのトロトロに蕩けたあそこに、俺のものを突き立てて、奥まで突いてやりたい」

「……あっ……ヴァー……ジル様……」

彼の言葉が耳に吹き込まれ、脳にまで響いてくる。

想像してしまったのだ。

彼の屹立が、自分の濡れそぼった秘所に挿入《は》いり、奥まで一気に突き上げてくるところを。

実際に挿入っていないのに、中を突き上げられた感覚がして、子宮がきゅんと切なくなる。

「きっと中は熱くて気持ちいんだろうな。俺のをきつく締め付けてきて、もっともっとってねだる。レティシアのここはいつもおねだり上手だ」

「……ン……そんな、ことは……っ」

「俺はおねだりされると嬉しいよ。君に、俺をもっと与えたくなる。もっともっと俺で満たして、果ててももう無理だと言われても、何度でも注ぎたい」

熱い胸板、逞しい二の腕、割れた腹筋、筋が浮き出ている首筋、汗で額に張り付いた赤い髪の毛、欲に濡れた漆黒の瞳、熱い吐息を漏らす唇、……レティシアをどこまでも悦楽の波に攫う熱杭《くい》。

情事の際、レティシアの理性を奪うそれらを思い出しては、ゾクゾクと背中を震わせた。

彼に淫らなことを耳もとで囁かれているだけで達してしまいそう。

想像だけで、レティシアは高みに上ろうとしていた。

息が荒くなり、身体が疼く。

ヴァージルが欲しい。

その言葉ひとつで分かってもらえるのかもしれないが、だがどことなく足りない気がする。

飢えた心はお互い様で、熱くも激しく求めあいたい。

でも、まだ昼間で、ヴァージルもこのあと時間が空いているとはいえ、まだ予定があるわけで。

もどかしさが、レティシアを大胆な行動に駆り立てた。

ヴァージルの手を取って、自分のスカートの中に導いたのだ。

布をめくり、太腿を伝って脚の間へと手を持っていく。

下着の上から秘所に押し当てる形で添え、彼を見つめる。

ごくりとヴァージルの咽喉が鳴るのが聞こえた。

「……触っていただくだけでは、我慢できそうにありません。……ヴァージル様と、もっと深く……繋がって、愛されたいです」

そして、レティシアのもう片方の手は、ヴァージルの下半身へと伸びる。

ここところで愛を交わしたいのだと示唆すると、ヴァージルは唇にキスをしてきた。

「君が俺を求めている姿を見ているだけで、達してしまいそうだ」

彼の熱い吐息が唇にかかる。

たしかに、触っているそこはすでに張りつめていたのに、さらに硬さを増していた。

これからこれで可愛がられるのだと思うとたまらなくなる。

淫らな熱が、さらにレティシアを苛んだ。

「――ヴァージル殿下、陛下がお呼びです」

ところが、ヴァージルの侍従が扉の向こうから声をかけてくる。

ふたりはハッと我に返り、がっくりと肩を落とした。

「あぁ、いっそのことこのまま寝室に連れ込んで、朝まで抱きつぶしてしまいたい……」

「私もそうされたいです」

あまりにもヴァージルが残念そうな声を出すので笑ってしまった。

いつまでも一緒にいたい気持ちは同じだ。

けれども、ヴァージルも忙しい身、今はなかなか難しいだろう。

ヴァージルは廊下にいる侍従に「少し待っていてくれ」と声をかけ、レティシアはその間に乱れたドレスを整える。

ふたりともすぐに人様の前に出られる状態ではなかったので気まずかったが、顔を見合わせたら自然と笑みが零れてきた。

「少しですが、ご一緒できて嬉しかったです」

ヴァージルの頬にキスの挨拶をして部屋を出ようとすると、腕を掴まれて、ねっとりと唇に口づけを返される。

「俺も、君と過ごせて嬉しかった。……次は邪魔の入らない場所で」

手を離すのが名残惜しい。

先ほどヴァージルによって植え付けられた熱がいまだに燻っているのを感じて離れるのが苦しいくらいだ。

次の約束に胸を弾ませながらレティシアは部屋を出た。


「随分とスキルが安定してきましたね、レティシア様」

フリアが感心した声を出して褒めてくれた。

自分でも手ごたえを感じていたので、実際にそう言われると嬉しくなってしまう。

城にやってきてから二ヶ月近く経ったが、フリアの指導の下で励んでいて、自分でもコツを掴めたような気がしていた。

「フリアさんのおかげです。とても教え方が上手ですから」

正直言ってしまえば、神官長よりも分かりやすく、理にかなったやり方で指導してくれる。

フリアの場合、どういうイメージを持ってスキルを使うといいかとか、スキルを使うときに身体のうちに溢れる力のようなものをどう制御するかとか、実際に見たい未来を選べるようにとフリアの未来を見ながら練習したりしていた。

特にためになったのは、スキルは心的要因によって左右されるというものだ。

これは、フリアの研究テーマでもあるのだが、過去にスキルを失った人たちのほとんどは長年強いストレスにさらされていたことが分かっている。

昔は、それを日ごろの行いが悪いから天罰が下ったのだと考えることが多く、スキルは神によって奪われたとされたが、フリア曰くそうではないのではないかということだ。

その証拠がレティシアなのだと彼女は言う。

一度失ったスキルが復活した人間は稀だ。

だが、戻ってきたということはまだ身体のどこかに存在しているということに他ならない。

ただ、ストレスで身体の中に閉じ込められているだけで、解放されればまた取り戻せる。

ところが、取り戻すまでに時間がかかりすぎると消失してしまう。

故に、レティシアの場合、消失してしまう前にストレス源から解放されたために、取り戻すことができたのではないかと。

ヴァージルの言葉で心もスキルも解放されたのだ。

さらにスキルを取り戻してから暴走気味なのは、取り戻してすぐは不安定なものだが、さらに無理矢理引き出すようなことをしたことも要因のひとつではないかと言われた。

確実な未来を見るためにヴァージルと身体を重ねたレティシアは、密かに頬を染めた。

これはあくまで仮説だとフリアは言うが、レティシアはその通りなのだろうと信じている。

「神官長の修行とはまったく違っていて最初は驚きましたが、私にはフリアさんのやり方の方が合っているようです」

ずっと、またあの修行が始まるのかと気が重かったが、蓋を開けてみればそんなことはなく、レティシアも納得しながら取り組めるので安心できた。

「それはそうでしょう。神官長はご実家の権力と寄付金でのし上がった方ですので、スキルのこととかには疎いですから」

本来なら見習い期間中に一定以上の期間、修行と知識を積んだのちに神官になるのだが、神官長の場合そこをすっ飛ばして神官になったらしい。

「結構いますよ。どうしようもない貴族のぼんくらを押し込めるために金を積む貴族の家って」

フリアの言葉の辛辣さに苦笑いをするしかなかった。

「経験と知識がないまま上に立ったので、敬虔であればどうにかなるという、ある意味非合理的な部分が多かったのかと思います」

つまり、それでも神官長になれるということだ。

神殿の腐敗ぶりが分かる。

「本来なら私なんて平民上がりなので、指導に行ける立場でなかったのですが、こうやって出番をいただけたのも、ひとえにヴァージル殿下のおかげです」

指導者派遣も、昔はスキルの指導をしていたが、今の神官長になってからというもの、神殿への寄付を促すために行われていたので、貴族寄りの神官が派遣されることが多かったらしい。

それを変えたのが、ヴァージルの神殿改革だった。

最初に神官長の罪をつまびらかにし、罷免に追い込んだ。

以前、レティシアが「神官長様」と呼んだ男は、今は実家に戻され謹慎中だ。

後日、異端審問会が開かれて、改めて罪を問われる予定だ。

「神殿内はまだピリピリしておりますが、私のような燻っていた人間にはありがたいことです。レティシア様の持つ貴重な未来視のスキルを伸ばすお手伝いができるのですから」

以前では考えられないことだと彼女は言う。

実は、フリアをレティシアの指導役に抜擢《ばってき》したのもヴァージルなのだという。

実際に会って話をして、そのうえで決めたのだから、かなり慎重に選んでくれたのが分かる。

（突然神殿を潰すって言いだしたときは驚いたけれど、ヴァージル様なりに本気だったのよね）

王位を放棄しても、神殿改革は王に提案するつもりだったのだろう。

ところが、ステファンに成り代わって王位継承の最有力候補に躍り出たため、計画が加速した形だ。

「さて、レティシア様、今後のお話をしていきましょうか。つまり、そのスキルをどう活かしていきたいかです」

「……どう活かしていきたいか」

そう問われて、言葉に詰まってしまった。

今までは誰かに言われるがままに使ってきた。

自分の意志で使ったのは、ヴァージルに対してだけで、それ以外は自分でどうこう考えて使ったことなどない。

だから、どう活かしたいかと聞かれてもすぐに答えは出せない。

だが、大事なことだと分かっている。

むしろ、これまで考えてこなかったことの方が普通ではないのだ。

「私、自分のスキルをどう使っていきたいかと考えたことがありませんでした。ですが、初めて自分の意志で使って人を救ったとき、初めてこのスキルを持っていてよかったと思えたのです」

最初はヴァージル、次は王妃。

どちらも心の底から救えたことに安堵し、スキルに感謝した。

「私はスキルを意義あることに使いたい。見世物にされるのではなく、誰かを救うものでありたいです」

具体的にどう意義のあることに使うのかと聞かれてしまうと、また言葉に詰まってしまうのだが。

すると、フリアは助け舟を出してくれる。

「最近、神殿にお子さんのことで相談に来られている夫婦がいるんです。お子さんが重い病気で、毎日神殿に来てはお子さんの病気を治せるスキルを持つ人はいないのかとお探しでして」

「……それはお辛いでしょうね」

自分の家族が病気になれば、どうにかこうにか治そうと奔走するものだ。

命にかかわればなおのこと。

レティシアの両親も、昔、風邪を引いただけで凄く心配してくれていた。

「レティシア様には病気を治す力はありませんが、未来を教えて両親を安心させることはできるかと」

「ですが、私が見る未来はあらゆる選択肢の一端ですよ？　必ずしもそうなるとは限りませんし、もし未来を見て残念な結果になっていることをご両親に伝えるのは……」

辛すぎる。

冷静に伝えることができなくなるかもしれないと心配した。

「レティシア様には子どもの生死というよりは、新しい治療法は効果があるかというのを見ていただきたいと思っております」

医者に提示された新しい治療法は、効くか効かないか個人差があるというものだった。

だが、治療費が高く、そう易々と出せる額でもない。

まさに一《いち》か八《ばち》かの賭けになるので、どうしようかと考えているものの答えが出ないというのだ。

もしも他に有効的な治療法があれば、そちらに金をかけたいと。

「なるほど、そこに絞ってみるのですね」

「未来を見る範囲を絞りコントロールする。レティシア様の修行にもピッタリではありませんか？」

たしかにその通りだ。

フリアは子どもを救えて、かつスキル練習もできて一石二鳥だと嬉しそうに言う。

「もしかすると、今後の方針を考えるうえで役に立つかもしれませんし、いかがです？　ご両親と話をしてみます？」

それならば、と承諾した。

けれども、まったく見ず知らずの人にスキルを使うのは初めてなので少々緊張してしまう。

ちゃんとできるのか、今から不安になっても仕方がないと分かっているが、スキルを上手く仕えなかったらどうしようという気持ちは拭えない。

「大丈夫ですよ。そんな不安そうな顔をしなくても。ここまで私が貴女を鍛えてきたのです。失敗するわけないじゃないですか」

フリアの頼もしく迷いのない言葉に勇気づけられ、レティシアは初めて外の人間にスキルを使うこととなった。

それはレティシアにとって、大事な一歩だった。


「レティシア、もう少しで着くが、大丈夫か？」

「はい、大丈夫です」

馬車の客車の小窓をコンコンとノックしてきたヴァージルに問題ないと、窓越しに伝える。

すると、彼はにっこりと微笑んでまた前を向いた。

フリアから話をもらって数日後、レティシアたちは件の家族のもとへと向かっている。

今回の外出に関し、王の許可がなかなか下りなかったのだが、ヴァージルとフリアが説得してくれて無事実現となった。

王は、レティシアのことを考え大袈裟なくらいに護衛をつけたがったが、それではあまりにも目立ってしまう。

そんな王の懸念に応えるために、少数精鋭の兵士と「強靭」のスキルを持つヴァージルで護衛をすることになったのだ。

一緒に馬車に乗らず、馬に乗り兵士と一緒に護衛をしてくれている。

フリアも本当にいいのだろうかと恐縮していたが、自らが前に立って守ってくれようとするところがヴァージルらしい。

「ヴァージル殿下って本当は熱い人なんですね」

一緒に馬車に乗っていたフリアが突然そんなことを言い出す。

どうしたのかと首を傾げると、彼女はちらりと外にヴァージルに視線を送った。

「いえ、ヴァージル殿下は、寡黙に剣を振るう人だと以前はよくそう聞いていたので、実際会ってみて印象が違うなと。結構熱くて、あんなにも婚約者に対して愛情を剥き出しにする方だとは思っていませんでした」

「……そ、それは」

「しかも、今回護衛まで買って出てきて。本当にレティシア様のことを大切に思っていることが私にも伝わってきます」

誰かにこんなことを言われたのは初めてで、照れくささが出てしまう。

嬉しいが、どう返せばいいか分からずに言葉に詰まって、もじもじとしてしまった。

「でも、その気持ちは凄く分かります。まだ浅い付き合いですが、私もレティシア様のことが好きですし」

「え！　本当ですか？　私もフリアさんのことが大好きです」

そんなことを言ってもらえて、レティシアは舞い上がった。

また誰かに好かれることがあるなんて、と。

「だから、ふたりのことを応援していますし、私がふたりの手助けをすることができて本当に嬉しく思っています……と言いたかったんですが、どうしました？　泣きそうな顔をして」

うるうると目に涙を浮かべているレティシアを見て、フリアはぎょっとする。

「だって、フリアさんが嬉しいことをおっしゃってくださるから」

取り出したハンカチで涙を拭い、勇気を振り絞って聞いてみることにした。

「もしかして、私たちお友だちになれますか？」

もしそうなら、初めての友だちということになる。

ドキドキしながら聞いてみると、フリアは「私でよろしければ」と少し照れ臭そうに頷いてくれた。

「嬉しいです！　フリアさん！　師弟兼友人として今後ともどうぞよろしくお願いいたします！」

フリアの手を握りはしゃいでいると、いつの間にか目的地についていた。

客車の扉が開かれ、ヴァージルに手を取られながら下りると、彼に顔を覗き込まれる。

「さっきまで緊張した顔をしていたが、今は随分と嬉しそうな顔をしているな。何かあったのか？」

「はい！　フリアさんとお友だちになりました！」

この朗報はいの一番にヴァージルに伝えたかったのでちょうど聞いてくれてよかったと、表情を明るくしながら報告する。

すると、彼も嬉しそうに微笑み、頭を撫でてくれた。

「それはよかったな。君の世界が広がるのは、俺も嬉しい」

「それと、フリアさんが、ヴァージル様を応援しているともおっしゃっていました」

これもぜひ知らせなければとワクワクしながら話すと、横から咳払《せきばら》いが聞こえてきた。

「……そ、そういうことは、私がいないときに話をしてもらいたいのですが」

まさか目の前でヴァージル本人に言われると思っていなかったフリアが、照れながらレティシアに苦言を呈していた。

「すみません！　つい嬉しくて……」

もう少し話す場所を配慮するべきだったのかと気づいたレティシアは、慌ててフリアに謝る。

「……いえ、いいのですが、私ごときが殿下を応援しているなんておこがましいと言いますか、恐れ多いと言いますか」

「そんなことはない。そう言ってもらえて嬉しいよ。それに、こうやって直接お礼も言えるしな。ありがとう、フリア」

「こちらこそ、神殿を変えていただき、私のような人間にも活躍できる場を与えていただき感謝しております、ヴァージル殿下」

ふたりの様子をニコニコと見てしまう。

「さて、それでは行きましょうか、レティシア様」

「はい！　頑張りましょう！」

訪問先の屋敷の玄関をノックすると、すぐに扉が開いた。

「お待ちしておりました、レティシア様」

夫妻で今か今かと待っていたのだろう。

並んでこちらを見るふたりは、縋るような目をレティシアに向けてきた。

今回、ヴァージルはあくまで護衛という立場なので、部屋には入らずに廊下で待っていることになった。

その方がこの家族が気を遣わずにいられるだろうと、彼なりの配慮だ。

子どもの部屋は二階にあり、そちらに案内される。

ベッドに横になっている男の子は六歳か七歳くらいだろうか。

顔色が悪く、元気がない顔で視線だけでこちらを見てきた。

「テオ、昨日お話したレティシア様よ。貴方が新しい治療法を試してみるべきか教えに来てくれたの」

母親が声をかけるも、テオは何も話さずにレティシアを見つめているだけだった。

見つめているというよりも、睨みつけていると言った方がいいのかもしれない。

レティシアはにこりと微笑んでみたが、やはり反応はなかった。

「申し訳ございません。この子、今日体調が思わしくないようで」

「大丈夫ですよ。気になさらないでください」

具合が悪いのであれば、口を開くのも億劫だろう。

大丈夫だと伝えたが、夫婦は気まずそうな顔をしていた。

「私がお話ししてもよろしいですか？」

そう聞くと、夫婦は頷いてくれたので、レティシアはゆっくりと近づく。

あらかじめ用意されていた椅子に座り、テオの顔を覗き込んだ。

「はじめまして、テオ。私はレティシアと言います。こちらは神官のフリアです。今日はよろしくお願いしますね」

まずは挨拶をしてみたが、やはり返事はなかった。

父親が失礼だろうとたしなめようとしていたが、構わないと制止する。

「話せそうなら話してください。無理に話す必要はありませんから」

もしかすると、体調が悪いだけではないのかもしれない。

テオを見てそう感じたレティシアは、なおのこと無理強いをしたくなかった。

「私は、未来を見るスキルを持っています。今からテオの手に触れて、未来を見させていただこうと思っているのですがよろしいですか？　テオが新しい治療法を試した方がいいのかを見たいのです」

すると、テオはギロリとこちらを睨みつけ、何かを言いたそうに少し口を開く。

けれど、結局何も話すことはなく、フイっとそっぽを向いてしまった。

どうしましょうとフリアと顔を見合わせたあと、両親に視線で尋ねる。

彼らは頷いてくれたので、レティシアは恐る恐るテオの手を取った。

「痛いとかはありません。すぐに終わりますからね」

それにも返事がなかったので、さっそくスキルを使い始めた。

フリアと何度も練習したスキルの使い方。

知りたい未来に向かって突き進むイメージで、集中する。

すると、レティシアの頭の中に光が差し込んできて、未来の一端が見えてきた。

新しい治療に取り組むテオに、それを励ます両親。

苦しさに喘ぎながらも何とか治療を耐える姿に胸を打たれる。

そして、ようやく見えてきた未来は、顔色がよくなり明るく笑顔で両親に囲まれている姿だった。

『僕、本当に治ったんだね』

テオのその言葉が頭の中に響いて、未来への旅は終わっていく。

目を開き、そっぽを向いたままのテオに話しかけた。

「テオの未来、見てきましたよ？」

「…………」

お腹のあたりに置いていたテオの手が、毛布をギュッと握ったのが分かった。

聞いていないわけではない。

きっと、怖いのだ。

どんな未来が待ち構えているのか、知りたくないという人もいる。

それでも、レティシアはこの未来をテオに伝えたい。

「テオ、たしかに治療は大変だけれども、頑張ったらちゃんと治って、元気になりますよ。元気になって、ご両親と一緒に笑い合っている貴方の姿が見えました」

レティシアが見てきた未来の話をすると、後ろで母親が歓喜の声を上げて泣いていた。

彼女を支える父親も、ほろほろと涙を流している。

テオはというと、しばらくの間何も言わず微動だにせずにいたが、ゆっくりとこちらを向いた。

彼の顔は涙でぐちゃぐちゃになっていた。

ずっとそっぽを向いていたのは、泣きそうになっていたのを知られないためだったのだと知ったとき、レティシアは握っていた手を強く握りしめた。

「……僕、本当に治るの？　これを頑張れば、治る？」

「はい。治りますよ」

すると、今度は大声を上げて泣きだす。

そんな彼を両親は強く抱き締めていた。

「――テオは、新しい治療法を試すことに消極的だったんです。ずっと苦しい思いをして何も成果を得られなかったので、きっと今回もそうだろうと言って」

落ち着いたあと、テオと母親は部屋に残り、父親がレティシアたちを見送るために一緒に廊下に出る。

待っていてくれたヴァージルと合流すると、父親はテオの事情を話し始めた。

「あんな思いをするくらいなら、このまま死んでもいいとまで言っていて……頑なでした」

だから、藁《わら》にも縋る思いで神殿にやってきて相談したのだという。

そこで、フリアにレティシアの話をされて、ぜひお願いしたいと申し出て、今回の訪問に繋がった。

「レティシア様の言葉で、きっとテオも希望を持てたのだと思います。私たちも同じです。レティシア様、本当にありがとうございます」

涙を流しながら深々と頭を下げる父親を見て、レティシアは胸がいっぱいになって言葉が出なかった。

「治療、頑張ってください」

こんなことしか言えなかったけれど、今のレティシアにはそれが精いっぱいだったのだ。

テオの家を出て、馬車に向かっていると、ヴァージルが手を握ってくれる。

「大丈夫か？」

きっと今のレティシアは、惚けた顔をしているだろう。

魂が抜けてしまったような、心ここにあらずといったようなそんな顔を。

「何か、胸がいっぱいで……何と言っていいのか……」

言葉にしがたい感情だ。

テオに希望を与えられて嬉しいのと同時に、自分の中にも何かが生まれたような気がした。

喜びに似ていて、閃《ひらめ》きのような兆しのような、形容しがたい何か。

これをなんと表したらいいのだろうとヴァージルに聞くと、彼は教えてくれた。

「やりがいを見つけたって感じじゃないか？　君がスキルをどう活かすか、何となくヒントのようなものが見えてきたとか」

「……なるほど、そうですね」

たしかにその通りかもしれない。

ヴァージルを救ったとき、王妃を救ったとき、テオに希望を与えられたとき。

どのときも嬉しくて、どのときもホッとして、どのときもこのスキルを持って生まれてよかったと心の底から感じていた。

もっともっと、感じたい。

自分が生まれた意味を、未来を見るスキルを持った意味を見出せるようなことをしていきたい。

その想いが、ようやくレティシアの中で形になったような気がする。

「フリアさんのおっしゃった、活かし方、見えた気がします」

何となくフリアには分かっていたのだろう。

レティシアがどうしていきたいのかを。

でも、他人に言われて決めるのではなく、実際に自分で感じて決めていかなくては意味がない。

そう思って、今回テオに会わせてくれたのかもしれない。

「私、迷える人たちの未来を見て、希望を与えたい」

今、はっきりと自分の望みが言える。

「フリアさん、ありがとうございました。私、これからはこの力で多くの人たちの力になりたい。だから、今後どのようにすればより力になれるかを、一緒に探してもらえますか？」

「もちろんです、レティシア様。私も、お力になれて嬉しいです」

レティシアが迷ったときにヴァージルが手を引いてくれたように、手探りのときにフリアが道を提示してくれたように、自分もまた誰かに光を与えることができたら素敵ではないだろうか。

いっときはいらないとまで思っていたスキルが、今は誇らしく思えた。

「……いったい何の騒ぎだ」

ほっこりと心温まる中、ヴァージルが険しい顔をして馬車の方に視線を向けていた。

レティシアもまたそちらに目を向けると、何やら兵士たちが騒いでいるようだった。

騒いでいるというより、誰かがこちらに来るのを押しとどめている様子。

不逞《ふてい》の輩《やから》かと身体を固くすると、すっとヴァージルが庇うように前に出た。

「れ、レティシア！　そこにいるのはレティシアだろう⁉」

ところがその不逞の輩は、侵入を防ぐ兵士たちの腕を掴みながらこちらに手を振ってきた。

知り合いかと思いよくよく見つめると、たしかにその通りだった。

「……サイモンお兄様」

実に八年ぶりに顔を見る、実の兄だ。

「お久しぶりです、お兄様」

レティシアの兄と知り、兵士たちはサイモンの拘束を解いたが、ヴァージルが立ちはだかってくれているために近づけない。

ほどよく距離をとったところで話しかけると、彼はまるで仲のいい兄妹であるかのように話しかけてきた。

「レティシア、本当に久しぶりだ。お前が神殿を追い出されたと聞いて随分と心配したんだが、元気そうだ」

……白々しい。

そう思ってしまうのは、兄と折り合いが悪いからか、それともスキル消失を知らせたあとにやってきた罵詈雑言を並び立てた手紙を覚えているからなのか。

「探していたんだぞ？　うちに帰ってくれば迎え入れてやったのに。手紙も送っただろう？　見てくれたか？　返事をくれないから追いかけてきたんだ」

城に戻ってから、日を待たずやってくる手紙に会いたいと書いてあったが、まさかこんなところまで追ってくるとは。

城には入れないので、レティシアが外出したすきを狙って会いに来たということか。

「それで、ここまでして会いに来たのは何か用があるからですか？」

「もちろんだとも！　もう一度家族としてやっていきたいと思って、お前に会いに来たんだ！　お前も俺が恋しかっただろう？」

恋しくなど一切ないのだが、ここまで必死なのは何かしらの裏があるのではないかと勘繰ってしまう。

サイモンもステファンと負けず劣らず性格が悪い。

昔、ヴァージルと一緒に彼らの仲がいい様子を見て「意地悪同盟」などと揶揄をしたくらいだ。

「……いいえ、お兄様は私を嫌っていると思っていましたから」

「そんなことはないさ！　俺は今もお前を大事に思っている！　レティシア！　なぁ、そうだろう？　レティシア！」

必死な様子が不気味で、奇妙で。

レティシアは何かが起こる前に兄から離れたいと、ヴァージルに戻りましょうと声をかけた。

彼は兵士に合図をし、サイモンを捕らえておくように命じて、レティシアはその間に馬車に乗り込む。

それを見たサイモンは、必死の形相で叫んだ。

「レティシア！　俺は！　俺にはもう家族はお前しかいないんだ！　父も母も亡くなって……ふたりきりの兄妹だろう！」

両親のことを持ち出されて、レティシアは思わず足を止めてしまう。

ふたりきりの家族。

それは間違いない。

「……お、お願いだ、レティシア……俺を無視しないでくれ……」

その場で地に膝を突き、地面に伏せたサイモンは泣き崩れてしまう。

大の大人が無視しないでと泣く姿はあまりにも居たたまれず、見るに忍びない。

どうしたものかと悩んでいると、ヴァージルがこっそり耳打ちしてきた。

「城に連れ帰ってそこで話をするといい。俺も付き合う」

「ありがとうございます」

それを聞いていたフリアも手を挙げる。

「それ、私も行きます。あの手の人は面倒くさそうなので、丸め込むにしても追い出すにしても人が多い方がいいでしょうから」

サイモンを兵士が操る馬に乗せて城に連れて行き、改めて話を聞くことになった。

願いが叶って気が済んだのか、城に着くころには昔から見慣れたあの兄の顔になっていて、先ほどのは何だったのかと思うほどに平然としている。

城の中を物珍しそうに見てはしゃぐサイモンに深い溜息を吐きながら、レティシアは話を切り出した。

「それで、話とはいったい何かしら？」

「お前とふたりきりで話せないのか？　家族水入らずってことで」

へらへらと笑いながらそんなことを言ってくるので、ヴァージルがぎろりと睨みつける。

「調子に乗るなよ、サイモン。お前がこれまでレティシアにどんな仕打ちをしてきたか知っているし、ここに連れてきたのは、あそこで騒がれたらあの家の迷惑になるからだ」

あくまで気を許したわけではない。

はっきりと釘を刺すと、ふたたびサイモンは縮こまった。

「……あ～……実は、金を貸してもらいたくて……」

「お金……」

思ってもみなかった相談に、レティシアはきょとんとしてしまう。

実家は伯爵家で、それなりに裕福なはずだ。

それに兄は両親の遺産を受け継いでいるはず。

レティシアから金を借りなければならない事態に陥るとは考えにくいのだが、いったいどういうことなのだろう。

「お金がないの？」

「そうなんだ」

「お父様から受け継いだ遺産があるでしょう？」

「……投資で使い切ってしまって……もう屋敷も手放してしまった……」

「ええ!?」

思わず悲鳴に似た声を上げてしまう。

実家の屋敷を手放したということは、レティシアの昔の思い出の品も、両親の遺品もすべてなくなったということだ。何もかもが他人の手に渡ってしまった。

あまりのことに思考を停止させて、この衝撃をなんとか受け止めることしかできなかった。

「……それに借金もあって」

「……借金」

「ステファン様から借りた金を返せなくて困っているんだ」

クラクラしてきた。

眩暈でこのまま倒れてしまいそうだが、倒れるわけにはいかないとどうにかこうにか自分を奮い立たせる。

ヴァージルが支えてくれているのでどうにかなっているが、もしもレティシアひとりで聞いていたら倒れていたに違いない。

サイモン曰く、両親の遺産を食い潰した彼は、ステファンに金を貸してほしいと申し出たらしい。

レティシアと結婚すれば義理の兄弟になるのだから、どうにか融通を利かせてくれないかと。

ステファンをおだてにおだてたのだろう。

上手く金を引き出し、さらには義理の兄弟になるお祝いだから返さなくてもいいと言われ舞い上がった。

また投資できっちりその金を失ったサイモンだったが、レティシアがステファンの妻になることは確定しているので問題ないと高をくくっていた。

ところがレティシアのスキルが消えたと聞き、サイモンは焦る。

このままではステファンに借金を返済しなければならなくなると。

手紙で絶対にスキルを取り戻せとレティシアを脅し、いい知らせが入ってくるのをひたすら待っていたが、結局婚約破棄したという話が耳に入ってしまった。

それから、ステファンはレティシアのせいで婚約破棄になり、もう結婚することもないのだから金を返すように求めてきたらしい。

屋敷を売り払ってどうにか半分は工面できたが、もう半分はどうにもならない。

頼れる人もなく、金が手に入るあてもない。

どうしたものかと考えていると、今度はレティシアがスキルを取り戻して、ヴァージルの婚約者として現れたというじゃないか。

ならば、レティシアに相談しようと思い立ち、まずは手紙を書いたのだ。

サイモンは得意げにそう言うと説明を終えた。

（天国でお父様とお母様が嘆いている姿が目に浮かぶわ……）

聞いていて情けなくなってきた。

まさか、両親が亡くなり、レティシアも神殿にいる間、兄がこんなにも凋落《ちょうらく》していたとは。

「だから、な？　兄を助けると思って。お前、今は金があるんだろう？　城に住んでいるんだもんな。俺なんか、住む場所もなく宿暮らしなのに」

そんな恨みがましいことを言われても、自業自得というものではないか。

ヴァージルが気を遣って城にまで連れてきたというのに、話がこれとは。

情けなくて泣きそうになる。

「追い出すか？」

「私がお金の大切さをお兄様に説いておきましょうか」

ヴァージルもフリアもそう言ってくれたのだが、ここは妹として引導を渡さなければならないだろう。

ふたりにお礼を言って断り、レティシアはサイモンにはっきりと告げた。

「申し訳ございませんが無理です」

「レティシア！」

「自業自得というものでしょう。私がお兄様を助ける義理もございませんし、そのつもりもありません。そもそも、私に用意できるお金などありませんから」

正直、今日再会するまで兄のことを忘れていたくらいだ。

神殿に入る前からも意地悪で、いつもレティシアを馬鹿にしてきた。

今さら兄妹の情を持ち出して助けてくれと言われても、心が揺れ動くわけがない。

それに金を持っているだろう？　と聞かれても、レティシア個人で所有している財産は何ひとつない。

むしろ、財産を食い潰す前のサイモンの方が持っていたくらいだろう。

ヴァージルや王の庇護《ひご》下で暮らさせてもらっているので、好き勝手に金を動かせるわけがなかった。

「だ、そうだ。サイモン、自分の尻拭いは自分ですることだな」

「ご自分で働いて返す意欲があるのでしたら、仕事を紹介いたしますよ？　神殿でも職業紹介をしておりますから」

ヴァージルとフリアもサイモンに追い打ちをかけ、金を渡すことはできないとサイモンに分からせる。

それでも食い下がろうとこちらに近づいてきたサイモンを、ヴァージルが片手で制し、ようやく諦めたように、しゅんと大人しくなった。

「……分かった……分かったよ、レティシア。今まで俺が散々好き勝手やっていたつけが回ってきたということなんだな」

「分かっていただけたようで何よりです」

薄情な妹だとも思うが、実家を勝手に処分してしまった兄に同情することはできない。

何より、今までのレティシアへの仕打ちを、慈悲という心だけでは許すことはできなかった。

「……俺、ずっとお前が羨ましかった。俺にスキルがないんだからお前になんかあるものかって思っていたら、未来視なんてスキルを持っていて、ゆくゆくは王妃にもなれる存在になって。親もお前を特別可愛がっていたし、ずっと嫉妬していた」

だからあんなにつらく当たってしまった。

レティシアばかりがいいものを持っていて、自分は何もない空っぽな人間だと惨めに思えたと。

「お前にも見捨てられて、俺、目が覚めたよ。地道に働いて、借金を返すことにするよ」

何か憑《つ》き物《もの》が落ちたように、サイモンは笑っていた。

ずっと彼がレティシアに劣等感を抱いていたことを初めて知ったレティシアは、彼の告白は複雑だった。

サイモンがそう思っていた間、自分はずっと地獄だった。

外で好き勝手できる、両親のもとにいられるサイモンが羨ましかった時期もあったのに。

(見かけだけでは心のうちは分からないものね)

今もなお、それは強く思う。

「お兄様には伯爵位があり、領地も残っております、領地に戻り、そこからやり直してみてはいかがでしょうか。お金は貸せませんが、更生のお手伝いはできますから」

「ありがとう、レティシア」

あんなに大きくて尊大だった兄が、今は小さく見える。

きっと両親もサイモンには幸せになってほしいと思っていただろうに、どうしてこんなことになってしまったのか。

「なら、俺が領地に帰る前に、両親の墓に行かないか？　俺も最近は行っていないんだ。お前は？」

「……いえ、私はお墓がどこにあるのかすら知りませんでしたから」

神官長の命令で葬式にすら行けなかった。

兄もどこに埋葬したか教えてくれなかったので、両親が眠っている場所も分からない。

「神殿の管理下にある墓地に埋葬してある。両親もレティシアの側で眠りたいと生前言っていたからな」

「そんなところに……」

両親はもっと遠いところにいると思っていた。

それなのに、こんなに近くにいたなんて。

「……ヴァージル様、私、両親のお墓に行ってみたいです」

「もちろんだ。きっと君の顔を見たら、ご両親も喜ぶ」

三日後に墓参りに行くと決め、サイモンはその日は帰っていった。

最後まで「ごめんな」「ありがとう」と繰り返して去っていく。

「知らないうちに実家がそんなことになっていたなんて」

神殿から追い出されたときに、一度でも顔を出しておくべきだったのだろうかと頭をよぎったが、もうそのときには手遅れだったのだろう。

まさかステファンに金を借りているとは。

意地悪同盟の縁がそんな形で続いているとは思ってもみなかった。

「レティシア、少し出かけないか？」

「これからですか？　ええ、大丈夫ですけれど……」

このあとの予定はないので頷くと、ヴァージルが手を握ってきた。

「ふたりで気分転換に出かけよう」

「はい！」

こんなことになってしまって気落ちしているレティシアを元気づけるためなのか、それともこのあともと誘う予定だったのだろうか。

ふたりでいられる時間ができることは、何をおいても大歓迎だった。

「どこに行くのです？」

「見晴らしのいいところ」

ヴァージルに手を引かれるままについていくと、建物を一旦出て外を歩いていく。塀で囲まれている中であるとはいえ、こうやってふたりで外を歩くのは離宮近くの林を散歩した以来かもしれない。

本当は景色を見ながら歩きたいけれど、ついついヴァージルの顔だけを見てしまう。話すときも彼の顔を見て、話していないときも彼の顔を見つめる。

「あんまり俺の顔ばかり見ていると転んでしまうよ。そういえば、最初に出会ったときも、君は蝶を見つけるためによそ見しながら歩いていたな」

「すみません。こうやってふたりきりになれる時間がめっきり減ってしまったものですから、目を離すのが惜しくて」

誰に邪魔されるでもなくヴァージルを感じることができる。

レティシアにとってそれはこの上ないほどに幸せな時間であり、一瞬たりとも無駄にしたくない時間でもあった。

「なら……」

そう言って、ヴァージルは突然レティシアを抱き上げてきた。

「ヴァ、ヴァージル様？」

「この方が安全に俺の顔をずっと見ていられるだろう？」

横抱きにされて彼の首に手を回してしがみ付いたレティシアは、なるほどと納得しながら彼の肩口に頭を寄せる。

顔を間近で見られるだけではなく、くっついていられることが嬉しかった。

連れてこられたのは、城内の端にそびえ立つ高い塔。

ヴァージルに抱き上げられていても、首が痛くなるほどに見上げなければならないくらいに天に向かっていた。

「この塔は昔、スキル研究の場として使われていたものだ。今は研究機関自体、神殿に移ったから使われていない。かわりに俺の遊び場になっていた」

子どもの頃は、ステファンに虐められ、嫌がらせをされると、この塔に逃げ込んで隠れていたと話してくれる。

レティシアと出会って身体を鍛えるようになってからはあまり来る機会がなかったが、それでもひとりでいたいときなどはここに来ていたようだ。

塔の中に入ると、螺旋状《らせんじょう》の階段が見えた。

「これを上るのですか？」

あまり運動をしないので、こんなに長い階段を上れるだろうかと不安になる。

「俺がこのまま君を抱きかかえて運んでいくよ」

「……で、でも、大変なのでは」

「問題ない。君を抱えながら上るなんてわけないさ。試してみるか？」

さっそく見せてくれるようにヴァージルはスイスイと階段を駆け上がっていった。

リズミカルに揺れる感覚と、スピード感を楽しみ、ふたりで笑い声を上げながら頂上を目指す。

本当にヴァージルはレティシアを抱えたまま上り切り、さらに息ひとつ乱していなかった。

「綺麗……」

塔の上から望む景色は、まるで別世界だった。

神殿も小高い丘の上にあるので、そこから城下町を見ることができた。

だが、そのときはいつも遠くに城が見えて、その下に城下町があって。

美しい景色というよりも、それを見るたびに羨望を抱いた。

あそこに行きたい。降り立ちたい。

自由になりたい。

でも、ままならない身であることを思い知り、胸が締め付けられていた。

今見ている風景は、城下町の向こう側に神殿がある。

ずっと抜け出したいと願っていたそこが。

「神殿があんなに遠くに見えます」

目頭が熱くなった。

眦に涙が滲み出て、感傷的になる。

「いまだに夢のように思えます。あそこから出て、ヴァージル様に再会して、スキルを取り戻して、こんなにも愛されて。ときおり、朝、目が覚めたら神殿のベッドの上にいるんじゃないかと怖くなってしまう」

これが現実であることはたしかなのに、こんなに幸せでいいのかと思ってしまうのだ。

すると、ヴァージルが唇にチュッとキスをしてくれる。

「君とキスするたびに感じる幸せが偽りであるはずがない」

「ええ、そうですね」

その通りだと、レティシアはフフフと微笑んだ。

「これから君の世界はもっと広がる。神殿や城だけではなく、いろんなところに飛び出していこう。いろいろと制約はついてくるだろうが」

たとえば仰々しい護衛とか、行き先の選定など自由が利かない部分もあるだろうけれど、それでもヴァージルと新たな世界に飛び込めるのであれば構わない。

ヴァージルがレティシアの手を引っ張ってくれて、レティシアは彼の手が離れないように強く握りしめて。

未知の世界をふたりで歩き、冒険していく。

そんな未来がこれから待っている。

さらに宙ぶらりんだったスキルの活かし方も見つけることができた。

兄のことで気落ちしてしまったが、兄がしでかしたことはレティシアがこれから歩む広大な道の中の小さな小石。

ポンと蹴り飛ばして前を向くしかない。

昔の思い出は胸の中にしかなくなってしまったが、これからいくらでもつくればいい。

「ヴァージル様、ありがとうございます」

ここに連れてきてくれたこと、気分転換をさせてくれたこと、過去に囚《とら》われずに未来を向こうと教えてくれたこと。

彼の優しさにいつも救われている。

そのあと、ふたりで景色を見ながら、レティシアが気になる建物がどんなものなのかをヴァージルに教わっていった。

兵士たちと一緒によく城下町に行くことがある彼は、次々にレティシアの質問に答えてくれる。

自分がその建物に行ったときの思い出も添えて話してくれるので、話が弾んで止められなくなった。

レティシアも聞いているうちに城下町に行きたくて仕方がなくなる。

特に、ヴァージルがときおり見かけるという大道芸人たちの芸を見てみたい。

磔《はりつけ》にされている人間の頭の上に乗ったリンゴに向かってナイフを投げ、見事人を一切傷つけることなくリンゴに突き刺すという凄技を見せる人がいるらしい。

ヴァージルもそれを最初に見かけたときに、あのくらい剣を自由自在に扱いたいと練習したのだと話してくれた。

少し怖いけれど、レティシアもぜひそれを見てみたい。

ヴァージルが夢中になったものを共有したいのだ。

気が付けば、もう空は茜色《あかねいろ》に染まっていて、そろそろ塔を下りなければならない時間になっていた。

だが、ふたりの時間が終わるのが名残惜しくて、離れがたい。

できることなら夜までここにいたいが、風も出てきて肌寒くなってきた。

「……そろそろ帰るか」

「そうですね……」

互いにもの悲しそうな顔をしているのが分かって、思わず苦笑してしまった。

帰りの階段の道のりは、レティシアは自分の足で下りることにした。

さすがに下りもヴァージルにお世話になるわけにはいかないと、自ら彼の腕の中から抜け出して床に足をつけた。

彼は少し寂しそうな顔をしていたが。

「そういえば、最近ステファン様を見ませんが、何をしているのでしょうか」

薄暗くなってきたので、十分に足元に注意をしながら階段を下りていく。

そんな中、ふとステファンのことを思い出す。

兄は彼から金を借りており、会いに来たが会えなかったと言っていた。

自分やヴァージルのことしか目に入っていなかったが、彼の動向も気になるところではある。

「あいつなら、先日の元神官長の査問会で名前が出たために、そっちに召喚されている。元神官長と共謀し、スキルを使った金儲けを企《たくら》んでいたことと、神殿から金をもらっていたことが分かって、今は王位どころではないだろうな」

どうやらあの一件以来、順調に坂を転げ落ちていっているようだ。

「陛下も査問会が終わるまで謹慎しているように命じているから、今は大人しいだろう。それに、何もかもが片付いたあかつきには、奴に離宮に越すようにと命じている」

「……ということは」

「ああ、陛下の腹も決まったのだろう」

離宮は本来、王位継承権を得られなかった王子が仮の住まいとして身を置く場所だ。

そこにステファンに行くように命じたということは、彼は実質的に王位継承候補者から外れたことになる。

「ヴァージル様が、王に？」

「そう焦るな。直接陛下からその言葉を聞くまでは分からない」

「ですが、もしそうだとしたら、私たち何の気兼ねもなく結婚できます！」

それこそ望んでいたことだと、レティシアはヴァージルに抱き着いた。

「あぁ、そうだな！」

念願だったふたりの結婚がすぐそこまでやってきている。

たしかにまだ王からはっきりとした言葉をもらわない限り油断はできないが、またひとつレティシアに大きな目標ができた。

王妃としてヴァージルを支える。これ以上の目標はないだろう。

迷える人々に導きの光をもたらし、そしてヴァージルが目指す国づくりの手伝いをしながら、彼と愛し合う日々。

少し前まではそんなにたくさんの幸せや目標を手に入れることなどないと思っていた。

婚約破棄されて神殿を出て、待っていたのは最高の再会と愛だったなんて、まるで夢物語のようなお話。

「貴女の妻になれる日が、心の底から待ち遠しいです」

「俺もだよ、レティシア。もう待つのは限界だ」

ふたりの唇が近づき、重なり合う。

神の目の前で唇を重ねるその日まで、あと少し。


「ご両親のお墓はこちらです」

三日後、サイモンとの約束通りに両親の墓参りにやってきたレティシアは、フリアの案内で墓地を歩いていた。

もちろん、サイモンもいるのだが、「久しぶり過ぎてどこにあるかわからない」と立ち並ぶ墓石を前にして情けないことを言ってきたのだ。

そこでフリアが「そんなこともあろうかとこちらで調べておきました」と手伝ってくれたのだから頼もしい。

もともと、この墓地は神殿がそびえたつ丘の、王都とは反対側に下りて行った先にある。

神殿の許可がなければ入れないが、フリアが事前に取ってくれたために、すんなりと入ることができた。

その日は少し風が強くて、木々たちが梢を揺らして音を立てている。

この場所が切り立った崖の上にあるので、なおのこと風が強く当たるのだろう。

転落防止用の柵が設置されてあるが、それでも風が吹くと少し怖かった。

「お父様、お母様、お久しぶりです、レティシアです」

持参してきた百合《ゆり》の花を墓石の前に置き、久しぶりの再会に涙を流す。

まずは父が不慮の事故で亡くなった。

階段から転落し、そのまま帰らぬ人になってしまったのだ。

その一年後に母も病気でこの世を去る。

父が亡くなったことにショックを受け、長い間臥《ふ》せっていたのだが、そのまま体調を崩してしまった。

立て続けに儚くなってしまった両親の最期に立ち会えなかったことは、今もまだ悔しいが、こうやって墓参りにやってこられただけでもよかったと思っている。

穴埋めはできないが、ようやく両親を偲《しの》ぶことができるのだから。

「あのね、話したいことがたくさんあるの」

会っていない間にいろんなことがあった。

きっと一番驚くのはステファンとの婚約破棄だろう。

でも、一番喜んでくれるのはヴァージルという心から愛する人ができたこと。

「ヴァージル様と今は暮らしているわ。今までにないくらいに幸せなの」

この人がヴァージルだと紹介すると、彼は墓石に向かって深々と頭を下げた。

「俺もレティシアと一緒にいられて幸せです」

両親に向かってそんなことを言ってくれたので、レティシアは涙が止まらなくなる。

サイモンも照れ臭そうにしながら自分の話をしていたが、何かと報告しづらいことばかりなので、「あー」とか「うーん」と言ってなかなか言えずにいるようだ。

それでもどうにかこうにか近況報告を終えたサイモンは、さっさと後ろに引っ込んだ。

恥ずかしいのだろう、気まずそうな顔をしていた。

「また来るわね」

できれば命日に顔を見せられたら嬉しい。

その想いを伝えるように、墓石に手を触れて目を閉じた。

「ありがとう、レティシア。一緒に来てくれて」

「いいの。仲が良くない兄妹とはいえ、やっぱり両親もふたりそろってやってきてほしいと思っていたでしょうから」

これはきっと、サイモンにとってけじめのようなものになるだろう。

レティシアにとっても、心の区切りをつけるためのものでもある。

「それと、ごめんな?」

「何が?」

レティシアが首を傾げると、サイモンはレティシアの手を取り、ぎゅっと握ってきた。

「お、俺さ、いろいろ考えて真面目にやろうとしていたんだけどさ、やっぱり上手くいく気がしなくて」

「別に焦る必要はないのよ? ゆっくりとやっていけば……」

「そんなこと言っていられる余裕はないんだよぉ!」

突如叫び出したサイモンは、握っていたレティシアの手を引っ張り自分の腕の中に抱え込む。

「サイモン!」

それにいち早く気付いたヴァージルが手を伸ばしてレティシアを取り返そうとしたが、何か長いものが鞭《むち》のように飛んできて、彼の手を跳ね飛ばした。

サイモンは持っていたナイフをレティシアの首元に押し付けて、ヴァージルを睨みつける。

「み、みんな一歩も動くなよ！　一歩でも動いたら……レ、レティシアを傷つけるからな！」

ヴァージルだけではなく周りにいた兵士たちもけん制すると、彼はレティシアを引きずりながら後ずさっていった。

「こんなことをしてどうするつもりなの、お兄様」

「どうするつもりも何も、お前を攫う手伝いをすれば借金を肩代わりしてもらえるんだ。大人しくついて来いよ」

いったいどういうことなのか。

サイモンがどういう目的でこんなことをしているのか、この場にいる誰もが分からずにジリジリと間合いを計っていた。

ヴァージルもサイモンを睨みつけ、レティシアを救う機会を窺っているようだが、突き付けられたナイフが刺さってしまうことを危惧して動けない様子だ。

それは周りの兵士たちも同じで、フリアは荒事に慣れていないせいか呆然とその場に立ち尽くしている。

緊迫感が漂う。

だが、それを打ち破る人物がスッとレティシアの背後から現れたのだ。

「ご苦労でしたね、サイモン」

聞こえてきた声に背中に悪寒が走り、ゾッと震えてくる。

（……この、声）

気が付けば身体が震えて、冷や汗が溢《あふ》れ出《で》てきて動悸《どうき》が止まらない。

「こちらは久しい顔ですね。……レティシア、元気にしていましたか？」

「……神官長様」

長年レティシアを苦しめ続けたその人が、隣に立っていたのだ。

「神官長……いや、エイベル・ロイ、どうしてお前がここに……。自宅で軟禁されているのではなかったのか」

神殿の命令で、査問会が終わるまでは自宅で騎士達が見張りにつき軟禁されていると聞いていた。

決して容易に逃げられるような状況ではなかったはずだと、ヴァージルは問いかける。

「私にとっては造作もないことなのですよ、あんなのを破るのは」

フフフと神官長は不気味な笑みを見せてきた。

目を細めて、にぃ……と口の両端を持ち上げて。

「あまりこれを見せるのは好きではないのですが、私のスキルをお見せしましょうかね」

おもむろに神官長は自分の両手を目の前に掲げる。

すると、その手に黒い鱗《うろこ》のようなものが浮かび出てきて、腕が形状を変えていった。

「……蛇」

まるで黒い大蛇だ。

神官長の腕が、大蛇の身体に似たものに変わっていって、手が蛇の顔になる。

それを見たサイモンが悲鳴を上げ、その場から走り去っていった。

周りを威嚇し口を大きく開ける二匹の大蛇は、一匹はレティシアの身体に絡みつき、もう一匹は近くにいた兵士の首に絡みついた。

「たとえば、このように私を屋敷に捕らえていた兵士を倒したのですよ」

兵士の首を巻き付いていた蛇がきつく締めあげていく。

ミシミシと潰れる音が聞こえてきそうなほどの力が、兵士の首を絞め、兵士も苦悶の表情を浮かべて藻掻いていた。

「やめろ！」

剣を抜き、ヴァージルが兵士を救おうと駆け寄る。

ところが、蛇の口から液体が彼に向かって吐き出され、ヴァージルはそれを避けて真横に転がった。

液体がかかった地面を見ると、そこにあった草が形を失くし、土も同様に溶けだしている。

「あれが身体にかかったら、あっという間に溶けてしまいますから気を付けてくださいね。これ以上近づけば、この兵士にも、もちろんレティシアにもかけてしまいますよ？」

「……分かった。下手な真似はしないから、まずはふたりを放してくれ」

ヴァージルが譲歩の姿勢を見せると、神官長は仕方がないといった顔をして兵士を解放した。

どさりと地面に崩れ落ちた彼は、口から泡を吹き、気を失っている。

「では、こちらだけ。もちろんレティシアはダメです。この子は私のものですから」

蛇の舌が頬を舐めてきて、レティシアは身体を竦ませた。

噛みつかれるかもしれない、兵士のように締め上げられるかも、もしくは溶かされるかも。

あらゆる恐怖が全身にまとわりついて、身動きが取れなくなった。

まるで、神殿にいたころに神官長に睨みつけられたときのように。

「し、神官長！　貴方、スキルがなかったはずでは……。でも、そのスキルは……」

ずっと呆然と立ち尽くしていたフリアだったが、ようやく我に返ったのか、ゆっくりとこちらに距離を詰めてきて問いかけてきた。

わずらわしそうにフリアを一瞥した神官長は、先ほどまで兵士を絞めていた蛇をうねうねとくゆらせる。

「私ね、このスキルが発覚してから、随分と両親に気味悪がられましてねぇ。スキル判定の儀式を待たずに神殿に押し付けられたのです」

彼は淡々と身の上話をしていく。

当時の神官長にも気味悪がられていたこと。

まだ子どもだった彼はスキルを上手く制御できず、半分人間、半分蛇のような姿になってしまい、地下の小さな部屋に押し込められていたこと。

「そこでずっと言われ続けました。『お前の信仰心が足りないから、スキルを制御できないのだ』と。

だから私は必死に地下で修業に励み、普通の人間としていられる術を身に着けたのです」

ようやく地上に出られて神官長は神官として働き始めた。周囲にはスキルがないと偽り、今まで暮らしてきていた。

彼自身もスキルを忌み嫌っていたからだ。

「私のこの貴重な経験をレティシアの成長に活かそうとしていたのですが……何をどう間違ったのか」

何故レティシアのスキルが一度消失してしまったのか分からないといった顔をして、神官長はこちらを見た。

彼があんなにも精神的な修行を課していたのはそのせいかと、今ようやく納得する。

スキルに関する知識が足りないばかりではなく、彼自身の成功体験からくるものだったのだと。

たまたま神官長の場合はそれで上手くいったが、レティシアは違う。

すでにフリアに教えてもらっているので、どうして神官長の教えでは成長できずに消えてしまったのか、今は何故ここまで成長できたのか分かっていた。

「貴女には随分と期待をしていたのですよ？　未来視なんてスキルを持つ貴女が王妃になるのは間違いないからと。――絶対に私の役に立ってくれるからと思っていたのですがねぇ」

ようやく神官長の地位に上り詰めたときに転がり込んできたレティシアは、まるで宝石の原石だった。

いずれ王妃になる彼女のスキルを磨き、躾けて、自分に従順にさせておけば、それを利用して金儲けも容易だ。

それだけではない、この国の中である程度の権力を握ることも可能だという野望を抱き始めた。

「幸い、夫になるはずだったステファンは自尊心ばかり高い頭の悪い人間でしょう？　操りやすくてねぇ、彼。だからレティシアを使った金儲けの話もすぐに飛びついてくださいました」

そこからはステファンは神官長に言われるがままに動くようになったらしい。

サイモンに金を貸してほしいと相談されたと話したときは、神官長が「貸して恩を売っておきなさい」と助言するとその通りにし、スキルを失ったレティシアとすぐに婚約を解消すると喚いたときは、猶予を与えるようにと言い含めた。

おそらくステファンにとって神官長は相談相手でもあったし、同志でもあったのだろう。

利用されているとも気付かず、彼の言葉に耳を貸し続けた。

レティシアにつらく当たるようにと耳打ちしたのも神官長だと話す。

妻を従わせるためには、こちらが強気にならないと、と耳打ちして。

そうやってレティシアを、神殿にしか居場所がないように追い詰め、神官長の言うことに従わせていた。

それが崩れたのはレティシアがスキルをなくしたせい。

神官長はまるで自分に何も非がないとでもいうようにレティシアを責め立てる。

「何より腹立たしいのは、あんなに私が力を尽くしても取り戻せなかったスキルを、神殿を出てからあっという間に取り戻したことです。……本当に腹立たしい」

「ひっ」

黒い鱗が神官長の顔を覆い始め、彼の目も金色に光る。

瞳孔は細長くなり、にたりと笑む唇から鋭い牙が覗いていた。

手だけではなく、彼自身も蛇になってきている。

それは今まで見たどんな姿よりも恐ろしく、彼の本性を映し出したもののように見えた。

「あまつさえ、ヴァージルと共謀して私を神殿から追い出すなど……断じて許せませんね」

神官長の計画を台無しにし、さらに夜会で悪事を公衆の面前で暴いたレティシア。

加えて、それを使い、神殿の内部改革だといって神官長を追い詰めたヴァージル。

どちらも許しがたく、このまま大人しく引き下がるわけにはいかない。

その思いでここまで駆けつけたのだと話す。

「……ここまでして、いったい何を成し遂げたい。復讐か？　それともここで謝れとでもいうのか」

ヴァージルが怒りを抑えたような声で問うと、神官長は考え込むような素振りを見せた。

「そうですねぇ……謝ってもらっても私が失ったものって返ってこないんですよねぇ。だから、すべてを壊してやろうかと」

神官長はレティシアに巻き付かせていた蛇を動かし、締め上げてきた。

胸にぎりぎりと圧力をかけられ、苦しさに喘ぐ。

「レティシア！」

「まずは、貴方からですよ、ヴァージル。このままレティシアを締め上げられたくなければ武器をすべて捨てなさい」

ヴァージルは迷うことなく手に持っていた剣を放り投げた。

彼は本当にレティシアのために無防備な状態になり、神官長と対峙しようとしている。

「……やめ、て……ヴァージル……さま……」

そんな危険なことをしないでほしいと叫びたいのに、蛇の締め付けのせいで身体の中に空気を取り込むことすら上手くできない。

そんな状態で大声を出せるわけもなく、声がかすれてしまう。

「……神官……長、様……こんなことは……」

だからすぐ隣にいる彼に訴えかけた。

こんな恐ろしいことは今すぐにやめてほしいと。

けれども、神官長はにこりと微笑んで聞いてくる。

「レティシア。彼はどうすると思いますか？　貴女を救うために命を投げ出すでしょうか？　私の計画を犠牲にしてまで貴女が得た愛は、本物でしょうか」

ヴァージルは、実直で真面目で。

どこまでも真っ直ぐにレティシアを愛してくれている。

何よりも大事にしてくれていて、レティシアを一番に考えてくれている。

きっと、傷ひとつ負うことも許せないだろう。

だから嫌でも分かってしまうのだ、彼は自分を犠牲にしてでもレティシアを救おうとしてくれる人だということが。

「……あの、方は……」

「あぁ、すみません。このままでは話しにくいですよね」

いつまでも締め付けていることにようやく気付いた神官長は蛇を緩める。

おかげで一気に身体の中に空気が入り込みむせこんでしまったが、まともに話せる状態になった。

「それで？　貴女はどう思います？　レティシア」

こちらの顔を覗き込み、神官長は改めて聞いてくる。

この間も蛇でヴァージルを威嚇し続けていて、余裕を感じて悔しい。

けれども、ここで心を挫《くじ》くわけにはいかなかった。

「たしかに、ヴァージル様は私のためにお命を投げ出す覚悟はお持ちでしょう」

こちらを見つめる目が、半月型になる。

まるでこの答えを待ちわびていたかのように。

「ですが、彼は私のために生き残る人でもあります。決して貴方に屈したりはしないでしょう」

ヴァージルは言ってくれた。生きていなければ愛を乞うこともできないと。今もまだ同じ気持ちで

いてくれていると信じている。

「面白い答えですね」

そう口で言いながら、目は癪《しゃく》に障ると言っていた。

「ならば、貴女の目の前で愛する人をじわじわといたぶってあげましょう。……さて、彼は貴女のためにどこまで耐えてくれるでしょうか」

ヴァージルを威嚇していた蛇が、口から溶解液を彼に向って吐き出す。

それを躱すと、また蛇は液を吐き続け、連続で攻撃してきた。

溶解液が吐き出されるたびに墓石が溶け、地面も異臭を放ちながら溶け出す。

レティシアは、それがヴァージルに当たってしまうのではないかと、ハラハラしながら見守っていた。

ところが、とうとう崖の縁まで追い詰められてしまう。

一歩でも後ろに下がれば真っ逆さまに落ちてしまう、そんな場所にヴァージルは立っている。

レティシアは悲鳴を上げて泣いてしまいそうなのを、必死に耐えていた。

とどめとばかりに蛇が溶解液を吐き出す。

ヴァージルはそれを上に飛び上がることによって避けた……かのように思えた。

「ヴァージル様！」

蛇が一瞬のうちに彼の方に伸びて、体当たりをする。

宙の中で突き飛ばされたヴァージルの下には地面がなく、このままでは落ちてしまうと背筋が凍った。

思わず目を閉じそうになったが、何故か蛇が落ちそうになっていたヴァージルの身体に絡みつく。

落下を免れた形になったが、まだ危機が続いていた。

今度は蛇がヴァージルを高く持ち上げて、ぴたりと止まる。

「レティシア！」

ヴァージルは、その状況を怯えるでもなく、真っ直ぐにレティシアを見て笑った。

「俺を信じてくれるか？」

その言葉に、弾かれるように答えた。

「信じます！　ヴァージル様を、信じています！」

——次の瞬間、蛇は地面にヴァージルを叩きつけるように動く。

叩《たた》き落とされた先は、崖の下で。

彼は天から地に向けて、投げ飛ばされたのだ。

ヴァージルがいなくなった跡を見つめて、レティシアは呆然とする。

身体が震えて、息ができなくて、全身から血の気が引いていっていた。

「あの崖の高さを知っていますか？　落ちたら到底生き残れない高さです」

神官長の言葉に息を呑む。

「残念ながら、耐えられませんでしたね。貴女のために生きるはずの人は、もういなくなってしまいました」

現実を突きつけ、さらにレティシアをどん底に追い落とそうとしているのが分かった。

神殿にいるときもそうだった。

こうやってレティシアの心を挫き、希望を失わせる。

けれども、もうレティシアが希望を失うことはない。

ヴァージルは言ってくれた。

『俺を信じてくれるか？』と。

それにレティシアも信じると答えたのだ、絶対に彼はこんなことで倒れる人ではないと信じ切らなければ。

「……生きています……ヴァージル様は絶対に、絶対に生きていますっ」

睨みつけ言い返すと、神官長はぴくりと片眉を跳ね上げた。

「なるほど、随分と反抗的になりましたね、貴女」

今まで従順だったはずの飼い犬が牙を剥いて面白くないのだろう。

だが、それに対し癇癪《かんしゃく》を起こすわけでもなく、冷静に次の手に打って出る。

「まぁいいでしょう。次は貴女の番ですよ、レティシア」

神官長は蛇の拘束を解き、レティシアの手を掴んできた。

「貴女がまだ使える人間か、テストしてあげましょう」

「……え？」

「私の未来を見なさい。ちゃんと私の目の前でスキルを使って未来を見ることができたなら、貴女だけは生かしておいてあげます」

握られた手を見て、どうするべきか考え込む。

また神官長の言いなりになってしまうのは嫌だ。

けれども、ここを生き延びて、崖の下にいるであろうヴァージルのもとに駆け付けたい。

「……分かりました」

レティシアは言われたとおりに未来を見ようと目を閉じた。

だが、こんな状況で集中できるはずもなく、焦りが募るばかりでスキルが発動しなかった。

「……まだですか？」

「ご、ごめんなさ……」

神官長の声に苛立ちが滲み出てきた。

レティシアはびくりと肩を震わせて、また意識をスキルに向かわせる。

「レティシア様、大丈夫です、落ち着いて。訓練と同じです。深呼吸をして」

フリアの声が聞こえてくる。

ここにたったひとりで神官長と向き合っているわけではないと気付き、心強くなった。

ようやく頭の中に光が射し、未来が見える兆しがやってくる。

けれども、見えたのは真っ暗闇で、光も見えないところ。

こんなことは初めてで、レティシアは慌てて辺りを見渡すも、広がるのは深い闇ばかりだった。

（……これはどういうことなの）

何が起きているか分からず、戸惑っているうちに現実に戻ってくる。

「レティシア、どんな未来が見えましたか？」

神官長にそう問われたが、何をどう説明していいか分からなかった。

視線を泳がせ、焦りで回らない頭で考える。

「――レティシア」

痺れを切らした彼の声で、慌てて本当のことを口にした。

「み、見えませんでした。何も……真っ暗闇で何も見えなくて……」

「あぁ？　……貴女、またスキルを失ったのですか？」

見えないということはそういうことだろうと、神官長の怒りを滲《にじ》ませた声が聞こえてくる。

「……神官長様！　今レティシア様は混乱して、上手くスキルを使えていないだけです！」

感情のままにまた蛇を操ろうとする神官長に対し、フリアが叫ぶ。

レティシアを庇うように間に入り、もう一度チャンスがほしいと言い募ってくれたのだ。

「うるさいですねぇ」

だが、そんな懇願もむなしく、フリアは神官長に振り払われて地面に倒れ込んだ。

兵士たちも同様に神官長からレティシアを取り返そうとスキルを繰り出していたが、蛇が溶解液を吐き出して退ける。

彼にとって、蛇の姿は忌むべきものだと言っていたが、上手く操り抵抗する者をいなしていた。

この場を制しているのは神官長だ。

恐怖で支配し、絶望に追い落としている。

「レティシア、貴女も分かっているでしょうけれど、スキルを使えない貴女には何の価値もないのですよ」

人間の手に戻した神官長は、レティシアの身体を引きずり柵のところまで連れていく。

柵に押し付けるようにレティシアを崖の縁に立たせた。

「貴女はもういりません」

まるで使い古した物を捨てるように、神官長はレティシアを使えないと貶めて捨てようとしている。

だが、レティシアは胸倉を掴まれた手を掴み返し、睨みつけた。

きっと昔のレティシアなら神官長の言葉に震えていただろう。けれども、もう怯えることはない。

「私も貴方に必要とされたくありません。私は私自身を見て愛し、慈しんでくれる方のため、自分自身のために生きると決めたのですから」

「そうですか」

掴んでいた神官長の手が離され、レティシアの身体が後ろに傾く。

彼の口もとが歪み、醜い笑みを浮かべていた。

「さようなら、レティシア」

柵を越えて、自分が倒れていくのが分かった。

「……ヴァージル様」

青い空が見える。

一緒にオパール色の蝶を探したときに見た、真っ青な空。

ただただ、レティシアはそれを見つめ続けた。

「ひぃっ！」

――ところが、レティシアの身体が落ちてしまう前に、何かが背中に当たり、神官長の情けない声が聞こえてきた。

背中を包み込む何か。

それは振り返って確かめなくても分かる。

もう何回もその腕に抱き締められてきたのだから。

「な、何で……！」

ヴァージルが、崖を登ってきて、落ちそうになっていたレティシアを受け止めてくれたのだ。

そして、彼の登場に恐《おそ》れ戦《おのの》く神官長の腕を掴み、場所を入れ替わるように引っ張る。

もう脅威はいなくなったと油断し、擬態を解いたのが仇になったのだろう。

レティシアを抱いたヴァージルは崖の上に着地し、入れ替わりで神官長が崖の方へと落ちていく。

崖下に吸い込まれるように落ちていく神官長は、自分がそちら側になるとは思っていなかったはずだ。自分に何が起きているか分かっていない顔をしている。

「見るな」

そう言って、ヴァージルはレティシアの顔を自分の胸に押し付けた。

遠くで何かがぶつかる音が聞こえてくる。

彼も言っていた。

――この高さから落ちたら助からないだろうと。

「大丈夫か？　レティシア」

ヴァージルが声をかけてきて、レティシアはようやく緊張から解き放たれる。

押し付けた身体を離し、こちらの顔を覗き込む彼の漆黒の瞳を見て、じわりと涙が溢れてきた。

「……本当に生きている」

「あぁ、生きているよ」

安堵でまた涙がぼろぼろと零れてきてしまった。

「信じておりましたが、もしかしたらと……」

ヴァージルの死が頭の片隅にもなかったとは言い切れなかった。

それでも信じたいという気持ちが勝り、大丈夫だと確信し続けていた。

彼は絶対にレティシアのために戻ってきてくれると。

「俺のスキルのおかげだな」

「でも、ヴァージル様のスキルは身体が強くなるだけって」

「たしかにその通りなんだが、君の力に秘密があったように、俺のスキルにも秘密があるんだ」

レティシアのスキルは、未来を見たい相手と性的な接触をすれば真の力を引き出すことができ、見たい未来を見たいだけ見ることができる。

それと同様にヴァージルのスキルにも秘密があるらしい。

たしかに以前に、王が「真の力」と言っていたことを思い出す。

「俺のスキルは真に愛する人からの愛が深ければ深いほどに、何ものにも傷つけられない無敵の身体を手に入れることができる」

「つまり、私のヴァージル様への愛が深ければ深いほど……」

「崖から落ちても無傷でいられる身体になれるってことだな」

だからあのときレティシアに自分を信じるかと聞いたのかと合点がいく。

「……なら、最初から言ってください」

「君が愛してくれていることは分かっていたけれど、どこまで強靭な身体を持てるかは分からなかった。正直、一か八かの賭けでもあったんだ」

それに以前、レティシアが未来を見たときに毒婦の毒を受けて瀕死になっていた。

それを聞いてスキルである程度の毒に耐性があるようだと分かっていたが、神官長が吐き出した溶解液までは耐えられるかは分からなかったとヴァージルは釈明する。

「そうだとしても、事前に言ってくださっても！」

「すまない。いつかは言おうと思っていたんだが、タイミングを逃してしまっていた」

ぎゅっと抱き締められて、「ごめんな」とまた謝られる。

「君の深い愛が俺を生かしてくれた。――君の愛があれば、俺は無敵だ」

そうだ、彼は何度もそう言ってくれていた。

まだレティシアが自分の気持ちを自覚していなかったときも、そのあとも。

ヴァージルはレティシアに愛されることで、自分は強くなれると伝えてくれていた。

「なるほど、ヴァージル様のスキルもなかなか面白いものですね。今度研究させてください」

「フリアさん」

興味深そうにヴァージルを見るフリアは、ふたりの側にやってきて、ふぅと深い溜息を吐いた。

「ふたりとも、ご無事で何よりです。念のために裏切り者のサイモン様は兵士たちが捕らえてくださっています」

フリアが示す先を見ると、サイモンが縄で墓石に繋がれているのが見える。

彼女の気転に感謝し、お礼を言ったあとに感極まってフリアにも抱き着いた。

「フリアさんもありがとうございます。スキルを使うとき、焦る私を落ち着かせてくれて、本当に助かりました」

「でも、あのとき見えなかったのですよね？」

「いいえ、見えなかったというよりは……」

神官長の未来を見たときの話をする。

すると、ヴァージルはうぅんとうなり考え込むと、「なるほど」と何かに気付いた。

「真っ暗だったのは、神官長に未来がなかったからじゃないか？」

死して未来がなくなってしまった。だから見えなかったのだと。

「スキルはまだまだ謎が多いですね」

まだまだレティシアが知らない力が眠っていそうだと自分の手を見つめる。

その手を取り、握り締めてくれる人がいる。

ヴァージルはこちらを愛おしそうに見つめて、微笑んできた。


「……レティシア、悪かった。機嫌を直してくれ」

「機嫌は悪くありません。ただ、ヴァージル様はこのままジッとしていてください」

城に帰ったあと、ふたりきりになった途端にレティシアはヴァージルをベッドの上に押し倒し、彼の身体に重なるように上に寝そべる。

彼はレティシアが怒っているようだが、本当は違う。

生きている証を少しの間、聞いていたかった。

胸に耳を当て、トクン、トクンと聞こえてくる心臓の鼓動を耳にして本当に生きていることを実感する。

あのあと神官長の遺体確認、サイモンの捕縛、神殿へ状況説明を終え、城に一緒に帰った。

そこからも王に状況説明をし、土で汚れた身体を清めて服を着替え、ようやく落ち着いたところでヴァージルが疲れた顔で部屋を訪れてきた。

『こんなときにひとりは心細いと思って』

その通りだと頷き、レティシアはヴァージルの手を取ってベッドに導いた。

ベッドに押し倒し、彼の鼓動を聞き続けて今に至る。

ヴァージルが生きていると分かっているけれど、もっともっと生を感じていたくて彼の上から退くことができない。

そんなレティシアの後頭部を撫でながら、ヴァージルは優しく宥めてくれる。

「すまない、レティシア。君を怖がらせてしまった」

「怖かったけれど、でも、ヴァージル様が信じろとおっしゃってくださったので、最後まで希望は捨てずにおりました。……でも、本当に……本当に、怖かった」

神官長の凶行も、ヴァージルが崖の下に落ちていったことも、スキルで未来が見えなくなってしまったことも。

何もかもが怖くて仕方なかった。

「お願いがあります」

そろりと顔を上げて、ヴァージルを見上げる。

彼は、ん？　と首を傾げた。

「ヴァージル様の未来を見てもよろしいですか？　先ほど神官長の未来を見ることができなかったのがどうしても気になってしまって。先ほどヴァージル様がおっしゃった通りだとは思うのですが……」

それでもやはり気になってしまう。

もしも、もう一度スキルがなくなってしまったら、せっかくヴァージルの妻になれるはずだったのにその機会がなくなってしまう。

フリアが取り戻す手伝いをしてくれるだろうが、王がどう判断するかは不明だ。

ようやく平穏を手に入れたのに、もう掻《か》き乱《みだ》されたくない。

ちゃんとスキルを使えるか確認したかった。

「分かった。このままスキルを使うか？　……それとも、もっと深いところで繋がって確かめてみるか？」

ヴァージルの手がレティシアの腰を擦る。

「俺もレティシアを感じたい。俺も生きていることを感じたい」

「……私も、そうしたいです」

服の上からヴァージルの心臓にキスをして、自分の気持ちを示した。

スカートをたくし上げ、膝から太腿にかけてヴァージルの手が擦ってくる。

いつもレティシアを悦ばせてくれるそれが、肌の下に快楽を植え付けるように熱を与えてはお尻へと向かっていった。

「……ふぅ……んんっ」

背中にぞわぞわとしたものが伝っていく。

熱い息を漏らし、彼の服を握り締めた。

「俺の唇を君の唇で慰めてくれないか、レティシア」

そう強請られて、レティシアはヴァージルの身体に覆いかぶさるように彼の顔の脇に手を突き、唇を落とす。

その間に、ヴァージルはもう片方の手でレティシアの背中にある紐を解き、ドレスをはだけさせた。

「……ン……ふぅ……んぅ……ぁう」

いつもヴァージルにされているように、自分の舌で彼の舌を絡め取り、口の中を弄る。

こうされると気持ちよくなって溺れてしまうばかりだったが、今はレティシアが主導権を取っているおかげか、どうにかこうにか理性を保っていられた。

それどころか、ヴァージルに気持ちよくなってもらいたいと、彼の舌の動きを思い出しながら真似をする。

拙い真似ではあるが、彼の吐息も熱くなってきて、興奮してくれているのが分かった。

「……もっと、深く」

これだけでは足りないとヴァージルは深い繋がりを求めてくる。

それに応えようと顔を傾けて、唇同士を隙間なくぴったりと合わせては舌で彼の口内を蹂躙した。

「……ぅンっ」

ところが、ヴァージルの手がまろび出た胸の頂を指でこねては引っ張ってくる。

クリクリと指の腹で擦ったかと思うと、ジンジンと熟れたそこを摘まんできた。

パッと指を離されると、血がそこに一気に流れ込んでくるので、また弄られるとさらに気持ちよくなってしまう。

キスに集中したいのにできない。

快楽に溺れずにヴァージルを気持ちよくさせたいのに、もうすでに半分くらいは白旗を上げていた。

秘所からも蜜が溢れて下着を濡らしてしまっている。

腰を無意識に揺らしてしまっていたらしく、それに気づいたヴァージルは、下着をずり降ろして丸裸にしてしまった。

「……ここがもう……トロトロだ」

太くて長い指が、ぐちゅ……と淫らな音を立てて挿入ってくる。

彼の言う通り、待ちきれなくてよだれを垂らしていたかのように蜜でいっぱいになっているそこは、キスや胸の愛撫だけでヒクヒクと震えてしまっていた。

搔き乱して、もっと。奥まで触れて、ヴァージルを感じさせてほしい。

媚肉が指を締め付けて媚《こ》びる。

ヴァージルに愛されたいと全身が訴えていた。

「弄りやすいように腰を上げて」

艶のある声で耳元で命令されると、それだけで子宮が切なくなる。

恥ずかしさを堪えて、言われたとおりに腰を高く上げると、指が二本入ってきて膣内を広げるように動かし始めた。

「久しぶりだから、じっくり解さないとな」

一度未遂で終わった以来、こうやって触れ合う機会もなかった。

もともと狭いレティシアのそこ。

再び固く閉じてしまっているだろうとヴァージルが丁寧に解《とか》してくれる。

けれどもそれがレティシアにはもどかしく感じて、焦燥感に駆られて。

縋るような目をヴァージルに向ける。

すると、彼もレティシアの気持ちは分かっているのだろう。

その瞬間、一気に高みに押し上げるように指を激しく動かしてきた。

「……あぁっ！　……はぁ……あぁう……あっあっ……ダメ、もう……達してしまう……から……っ」

「先にイって、俺に君の淫らな姿を見せてくれ」

それが見たいのだと、容赦なく気持ちいい箇所を擦られる。

肉壁が蠢《うごめ》き、指を締め付けながら絶頂を迎えた。

背中を反らし、突き上げられる感覚をどうにかこうにか受け止める。

腰がガクガクと震えて気持ちいいのが止まらなくなり、蜜が彼の腕を穢すほどに零れ出た。

くにくにと肉壁をこねるように指を動かされ、さらに快楽の波が襲い掛かってくる。

「……ふぁ……あぁっ……あ、ひぃ……うぅンっ……あぁっ！」

間を置かずに絶頂に押し上げられて、ヴァージルの身体の上に倒れ込んだ。

余韻に喘ぐレティシアの顔にキスの雨を降らす彼は、「可愛い」とうっとりとした顔で言ってくる。

身体を入れ替えてベッドに押し倒され、屹立を秘裂に潜り込ませると、ヴァージルは目元を赤く染めて言ってきた。

「俺との幸せな未来を見てくれ、レティシア」

逞しい肉棒で一気に奥まで貫かれる。

その衝撃でまた達してしまったレティシアは、ヴァージルの首に手を回して必死にしがみ付いた。

激しく揺さぶられて、子宮の最奥を穂先でコツコツと突かれる。

突き上げられるたびに頭の中が真っ白になってしまうほど快楽に溺れてしまい、あられもない声を上げた。

「……あっ……ひぃ……んぁあ……あっ……はあっ……ひぁっ」

「……悪い……今日は加減ができない……滅茶苦茶《めちゃくちゃ》にしてしまいそうだ……」

それでもいい。滅茶苦茶にして、壊れるくらいに抱いてほしい。

ヴァージルを最奥に叩きつけて、刻み込んで、レティシアのすべてを奪って食らってほしかった。

激しい愛をすべてレティシアに注ぎ込んでほしかった。

レティシアの腰を掴み、ヴァージルは腰を強く打ち付ける。

力強い攻めは、まるで彼の情熱を表しているかのよう。

愛を全力で教え込まれているかのよう。

その愛を受け止めながら、レティシアは高みに上る。

「……レティシアっ」

ヴァージルもレティシアの中で達して、精を吐き出した。

膣壁が蠢き、さらに屹立を扱くように動く。

それに誘われて彼は何度も白濁の液を注ぎ込んだ。

身体を包み込むようにぎゅっと抱き締められ、全身でヴァージルのぬくもりを感じる。

先ほどよりも彼が生きていることを実感した。

「……レティシア、スキルを使ったか？」

「いいえ……まだ……」

ヴァージルに夢中になってそこまで気が回らなかった。

スキルを使おうと彼に手を伸ばすと、その手を取られて指を絡め取られた。

「……もっと、レティシアがほしい。もっともっと、君を感じていたい」

「私も……ヴァージル様がもっとほしいです」

夜が更けるまで互いを求め、貪り合った。

意識を失くしてしまうまで突き上げられ、まどろみの中でキスをされたのを覚えている。

——その日みた夢は、レティシアとヴァージルと、そしてふたりの男の子が駆け寄り、「父上、母上」

と呼んで抱き着いてくる光景。

レティシアは男の子たちの頬にキスをして、ぎゅっと抱き締める。

ヴァージルもそんなレティシアたちを腕の中に閉じ込めて笑い合う。

そんな幸せな夢だった。

終章

「一晩中ヴァージル殿下と新婚旅行にどこに行くか話し合っていたのですか？」

「ええ、そうなんです。ふたりとも行きたいところがたくさんあって選びきれなくて。あそこも行きたいここも行きたいって、地図を広げて話し合っていたんです」

レティシアがフフフと笑うと、フリアは呆れたような顔をしていた。

「それで寝不足になっていたら世話ないですよ」

「でも、凄く楽しくて」

今日は凄く眠いし、フラフラするけれど、それでもそのくらいの価値がある話し合いだったと思っている。

ようやく結婚後の話ができるのだから。

――あれから半年が経ち、いよいよ明日はヴァージルとの結婚式だ。

ステファンは予定通りに離宮に送られ、今もなおそこで謹慎生活を送っている。

神官長に手を貸したサイモンも伯爵位をはく奪され、親族が受け継ぐことが正式に決定した。

彼自身は牢に繋がれ、出てこられるのはまだまだ先の予定だ。

神殿のスキル研究部門の長官になったフリアは、今もレティシアの師匠兼任の友だちとして側にいる。

先ほども「どんな他人のスキルも無効にする男性がいて、その方の研究が楽しくて仕方がないです」と話してくれた。

相変わらず珍しいスキルに目がない様子。

そして、今日は修行のためにきてくれたわけではない。

明日の結婚式は、同時にヴァージルの王位継承者指名の儀式も執り行われることになっている。

その際、未来の王と王妃のスキルがたしかなものであるという証拠を見せるために、特別な宝玉にスキルを込めて光を発現させる儀式があった。

光の色はスキルの特性によって違うのだが、それで王の治世がどんなものかを予想するらしい。

果たしてどんな色になるのか、今から楽しみだ。

フリアは今日、その宝玉を届けに来てくれたついでに顔を見せてくれた。

「新婚旅行はどこに行くか決まったのですか？」

「それがまったく決まらなかったんです。ヴァージル様がもういっそのこと全部行こうかとおっしゃって」

「全部って……。そんなに城を空けていられないでしょう？」

「ええ、だから、一気に行くのではなく、毎年旅行に行こうと」

それなら毎年楽しめるだろう？　とヴァージルが言ってくれたので、レティシアも賛同した。

最初はどこに行こうという話になったところで窓の外から光が漏れてきたので、また今度話そうということで議論を終えたのだ。

思い返して口角が上がってしまうくらいに楽しいひとときだった。

ヴァージルといろんな景色を見たい。

たくさんの人に出会って、そこでもレティシアのスキルで迷える人に導きを与えることができたら、それだけで旅の意味がある。

世界を広げて、経験を積んで、人生を豊かにしていきたい。

どんな未来が待っていたとしても、ヴァージルとともに歩める未来であればそこは彩り豊かな世界。


「ずっと、ここに立つ自分を想像しないようにしていた」

隣に立つヴァージルはぽつりと漏らす。

「君と結婚して、王になって。そんなことを何度も夢見ては、現実にはあり得ないと自分を諌めていた。——だが、今はもう、夢じゃない」

「はい。何よりも鮮明な現実ですね」

「あぁ。君と一緒に生きていく幸せな現実だな」

見つめ合うふたりは笑い合う。

永遠の愛を誓い、先ほど正式に夫婦になったばかり。

王に王位継承者として指名されたヴァージルは、レティシアとともに宝玉の前に立った。

レティシアの手を握り締め、ヴァージルが頷く。

それに頷き返し、レティシアも彼の手を握り返すと、互いに空いている手で宝玉に触れた。

真ん中からじわじわと光が溢れ出てきて、当たりを眩《まばゆ》いくらいに照らし、一筋の大きな光になって天へと向かっていく。

乳白色の中に七色の光が入り混じる、虹色の輝きだった。

あとがき

こんにちは。ちろりんです。

……とＷｏｒｄで打つと、いつも「ちろりんです」のところに赤い波線がかかり、入力ミス？　と確認されるので、解せない気持ちでいます。

ですが、この名前も随分と慣れ親しんだもので、「ちろりん」でいる時間が年々長くなっているのを実感しております。

これはひとえに、応援してくださる皆様のおかげです。

本当にありがとうございます。

さて、このたび書かせていただいたのは、ゴリゴリのファンタジーです。

草案段階は聖女ものだったのですが、編集さんのアドバイスもありスキルを使える世界に変更になりました。おかげで、お話により幅と深みが広がった気がします。

もし私が転生したときに、女神さまに「スキルを使えるとしたら何がいい？」と聞かれたら、瞬間移動系のスキルと答えると思います。

基本外に出てもすぐに家に帰りたい人なので、目的地へのドアトゥードアは割と理想です。

お泊まりとか大好きなんですが、何かあったときのためにすぐに家に帰れるようにしたいとどうしても思ってしまうんですよね。退路を確保しておきたいというか……。

作者はこんな感じで後ろに下がるときの心配をしておりますが、本編のレティシアとヴァージルは未来だけを見て生きております！

ラブラブウルトラハッピーの未来確定です！

八年間頑張った分、ご褒美として私がふたりの邪魔をする人間は許しませんのでご安心ください。

そんなスペシャルハッピーなふたりのイラストを担当してくださった氷堂れん先生、本当にありがとうございます。

ヴァージルがまさにド真面目の熱血男！　って感じでとてもよかったです。レティシアの髪型をドキドキしながら「姫カットで」とお願いをしたのですが、私の想像をはるかに超える可愛らしいレティシアを描いていただきました（感涙）

こうやって作家・ちろりんとしていられるのも、出版社様、編集者様、何より読者の皆様のおかげですね。本を出すたびにしみじみ実感しております。

いつもありがとうございます！

それでは、またどこかでお会いできますように。

ありったけの感謝を込めて。

ちろりん

〜 ガブリエラブックス好評発売中 〜

gabriella books

転生悪役令嬢の正体は ワケあり公爵様!?

成り上がり伯爵令嬢の私がナゼか溺愛されています!

朱里 雀 イラスト：ことね壱花／ 四六判

ISBN:978-4-8155-4324-2

「俺はキミのこととなると馬鹿になるんだ」

元平民の伯爵令嬢アネスティリアは皇太子の婚約者を決める儀式に参加中、最有力候補の美しい令嬢の正体がその双子の兄ラザフォード公爵の変装だと知る。アネスティリアは秘密を守る代わりに貴族の振る舞いを教えてもらう事に。レッスンを通じ厳しくも優しい彼に惹かれると「俺を好きになってくれ」と彼もアネスティリアを情熱的に求めー!? （※本書は本文中の挿画の掲載が無い仕様です）

ガブリエラブックス好評発売中

gabriella books

夜はケダモノな王子の閨係として売られた子爵令嬢ですが、どうやら溺愛されてしまいそうです！

ととりとわ イラスト：Ciel ／ 四六判

ISBN:978-4-8155-4329-7

「今は俺のこと以外、何も考えないでくれ」

貧乏子爵令嬢のフィリアーナは薬草に詳しいのを魔女だと誤解され、呪われた第二王子ラディウスへの閨指導を命じられ引き受ける。美しく優しいのに夜は野獣のようになる彼を手製の薬で宥め閨事を遂げるフィリアーナ。ラディウスは彼女を気に入り、呪いが現れない昼も触れて溺愛してくる。「君のなかは最高に気持ちがいい」想いが通じ合った二人だが、ラディウスには隣国の王女との縁談があり!?

ガブリエラブックスをお買い上げいただきありがとうございます。
ちろりん先生・氷堂れん先生へのファンレターはこちらへお送りください。

〒110-0016　東京都台東区台東4-27-5（株）メディアソフト
ガブリエラブックス編集部気付　ちろりん先生／氷堂れん先生　宛

gabriella books

MGB-104

婚約破棄された捨てられ令嬢ですが、触れれば分かる甘々な未来視スキルで愛しの王子をお助けします!

2024年1月15日　第1刷発行

著　者　ちろりん
装　画　氷堂《ひどう》れん
発行人　日向晶
発　行　株式会社メディアソフト
〒110-0016
東京都台東区台東4-27-5
TEL：03-5688-7559　FAX：03-5688-3512
https://www.media-soft.biz/
発　売　株式会社三交社
〒110-0015
東京都台東区東上野1-7-15
ヒューリック東上野一丁目ビル３階
TEL：03-5826-4424　FAX：03-5826-4425
https://www.sanko-sha.com/
印　刷　中央精版印刷株式会社
フォーマットデザイン　小石川ふに（deconeco）
装　丁　齊藤陽子（CoCo. Design）

ISBN 978-4-8155-4330-3